권민경

2011년《동아일보》신춘문예에 당선되며 작품 활동을 시작했다.

시집으로『베개는 얼마나 많은 꿈을 견뎌냈나요』

『꿈을 꾸지 않기로 했고 그렇게 되었다』가 있다.

표지 그림 K. F. E. von Freyhold
디자인 이지선

등고선 없는 지도를 쥐고

등고선 없는 지도를 쥐고

권민경
에세이

민음사

차례

프롤로그   9

프롤로그

　나는 어릴 때부터 겁이 많았다. 무엇이 그렇게
무서웠는지, 그렇게까지 두려워해야 할 필요가 있었는지,
지금의 나로서는 이해 가지 않는 것들도 있다.
　위인전, 전쟁, 「타워링」이나 「포세이돈 어드벤처」 같은
재난영화들, 밤의 스카이라인.
　아마 모든 게 처음이라 낯설어 그랬을 것이다.

　나는 자주 울었고 놀림받았다. 내가 느끼는 감정에 대해서
솔직히 말할 데가 없었다. 나는 나의 예민함을 쓸데없는
것으로 여기며 자랐다.

　가끔 먼 조상들에 대해서 상상한다. 내게는 아주 겁이

많고 감정이 잘 흔들리는 조상이 있었을 거라고. 그의 기질이
잠복해서 내려오다가 내 세대에 와서 발현되는 것이라고.

누구 순서에 총알이 발사될지 모를 러시안 룰렛, 언제
튀어 오를지 모르는 통아저씨 게임처럼, 예민한 기질의
술래가 내가 되었다.

아니면 단순히 그저 돌연변이일 수도 있는, 랜덤의 상태로
나는 살아간다.

별것 아닌 일로 잠들 수 없는 날이 많았다는 것이 나로
하여금 책을 읽게 만들었고 글을 쓰게 만들었다. 지금의 나는
쓸데없다 치부했던 감각에 기대어 살고 있다.

그리고 우연히 누군가가 내 글을 읽는다.

그런 우연들을 생각하면 그만 까마득해진다.

우연과 우연이 겹쳐서 일어난 그 일이 뭔가,
러시안룰렛이나 통아저씨 게임 정도의 확률을 훌쩍
넘어서는 것으로 느껴지니까.

그러니 우리 이 자리에서는 충분히 다정해지자. 우연히
거기 있는 당신, 우연히 여기 있는 나, 서로 까마득한 확률을
넘어서 잠시 사귀어 본다. 종종 스스로가 낯설 때도 있지만,
적당히 술을 마시고 기분 좋은 상태가 되면 말이 많아지고

친밀해지기 쉬워지는 것처럼.

낯가리는 주제에 다정하게 인사해 본다.
안녕, 안녕.

1부

내 친구가 좋아해 줄 이야기

최민이 재밌어할 이야기 I

최민은 나와 이름이 같은데 최민경 대신 최민으로 불렸고
나는 권민경 대신 권만경으로 불렸다. 우리는 서로의 존재만
어렴풋이 인지하는 사이였다. 고등학교 2학년 2학기가
시작되고 처음으로 미술학원에 등록했는데 거기 최민이
있었다. 우리는 이름만 같은 것이 아니라 그리는 그림도
어딘가 비슷했다. 우리의 그림은 공기 중으로 서서히
사라지는 것 같은 분위기를 풍겼다. 물속에 풀어 놓은
물감처럼 어디론가 화해 버릴 것 같았다. 좋게 말하면 분위기
있다고 할 수 있겠으나 사실은 제멋대로고 꼼꼼하지 못한
그림이었다.

또래 친구들처럼 아이돌 가수를 좋아하지 않는 것도
우리의 공통점이었다. 최민은 크라잉넛 같은 인디밴드를,

나는 건즈앤로지즈 같은 미국의 록밴드를 좋아했다. 이 여고생답지 않은 취향이 우리를 더 결속시켰을지 모른다.

나는 미술대학 입시가 끝날 무렵까지도 그런 그림은 대학 가서 그리라는 말을 들었다. 그 말은 내 그림이 입시용 그림이 아니며 성실해 보이지도 않으면서 겉멋만 들었다는 뜻이었다는 것을 먼 훗날 미술대학 입시 잡지 《아트앤디자인》에 근무하면서 알게 되었다. 그러나 나는 그런 그림은 대학 가서 그리라는 말을 내심 듣기 좋아했으므로 어렸고, 또 어리석었다. 대학 입시 따위 실패한 게 당연하다.

최민은 K대학에 입학했고 그 후로 우리는 자주는 아니더라도 종종 만났다.

내가 뒤늦게 문예창작과에 다니고 있던 2006년, 최민에게 연락이 왔다. 최민은 자기가 우연히 책 한 권을 읽었는데 너무 웃겨서 손에서 놓을 수 없었고 결국 앉은 자리에서 모두 해치워 버렸다고 했다.

그때 최민의 눈에 띈 책은 소설가 이기호의 장편소설 『갈팡질팡하다가 내 이럴 줄 알았지』(문학동네, 2006)였다. 나도 이기호를 좋아했기 때문에 돌아오는 최민의 생일에 『최순덕 성령충만기』(문학과지성사, 2004)도 선물했다. 그

책에도 최민이 좋아할 만한 이야기가 가득했기 때문이었다.

그런데 내가 좋아한 순서로 따지자면, 나는 이기호보다
최민의 소설을 먼저 좋아했다.

비평준화 시절, 일산에서 정발고등학교의 학교 서열은 딱
중간 정도였다. 이런 애매한 위상을 극복하기 위해서인지
학교에서는 여러 가지 대회를 열었다. 되도록 많은 상을 안겨
주어 학생들의 내신에 도움을 주고자 했던 것 같다. 때문에
학교에서는 정체 모를 대회가 자주 열렸다. 내가 타자 빨리
치기 대회 우수상을 받은 것도(부상은 만 원권 도서 상품권
이었다.) 그런 맥락이었을 듯싶다.

글짓기 관련 대회도 종종 열렸는데 교내 백일장이 늘
그렇듯 '부모님, 우정, 꿈'같이 빤한 주제가 출제되곤 했다.
지금은 그때 내가 쓴 글을 떠올리지 못한다. 평소처럼 성의
없는 수필을 썼을 테고 당연히 입상도 못했으므로 기억에서
지운 것이다.

고3 여름방학 직전 열린 백일장이었다. 대종상이나
연말 연예대상 시상식에서 사전에 수상자를 비밀에 부치는
것처럼, 백일장 수상자도 어떤 언질도 없이 전교생에게
발표되었다.

우수상이 호명될 때 최민의 이름도 불렸다. 최민은
이과였다. 미술 하는 주제에 이과였다.

졸업할 무렵 배부된 학교 교지에 최민이 백일장에서
쓴 글도 실렸다. 다른 수상자들은 모두 수필을 썼는데
최민만 소설을 썼다. 룸펜과 새우깡과 바퀴벌레가 나오는
소설이었다. 2000년도의 소설치고는 꽤 트렌디했다. 이제
룸펜 소설은 지겨울 정도지만.

고등학교를 졸업하고도 몇 년이 흘러, 내가 한참 룸펜,
아니 히키코모리에 가까운 생활을 하고 있을 때 최민을
만났다. 나는 최민의 소설에 대해 말했다.

"네가 쓴 글, 되게 재미있었어. 다들 수필 쓰는데 어떻게
소설 쓸 생각을 했지?"

최민이 말했다.

"글짓기 하라고 하기에 엎드려 자려다가 갑자기 생각이
나더라. 30분 만에 쓴 거야. 상을 줘서 진짜 깜짝 놀랐어."

성공도 실패도 의도치 않은 것이다. 백일장에 성의 없는
수필을 제출할 당시의 나는 내가 5년간의 룸펜 생활을 하게
될지는 전혀 몰랐다. 문창과에 들어가 작가를 지망하게 되는
사람은 최민경이 아니라 권민경이라는 것도, 그땐 알지
못했다.

나는 입담 소설, 이야기 자체가 재미있는 소설을 쓰겠다는 포부로 문예창작과에 입학했다. 그런데 막상 입학하니 소설 쓰는 게 재미없었다. 그러니 내가 쓴 글도 쓰레기였던 게 당연하다.

최초의 독자인 나 자신도 만족 못 시키며 쓰는 소설이 잘될 리 없었다. 자아도취라고 해도 쓰는 동안에는 내 글이 훌륭하다는 기분이 들어야 할 텐데 그러지 않으니 영 흥이 나질 않은 것이다.

문예창작과에는 일찍이 자신의 부족함을 깨닫고 졸업 후에 글쓰기와 관계없는 진로를 선택하는 현명한 동기들도 많았다. 그쯤 돼서는 나도 스스로의 재능에 대해 돌아봐야 했겠지만 그러지 않았고, 그렇다고 소설을 열심히 쓰는 것도 아닌 채…… 막연한 의무감으로 매년 한두 편의 단편소설을 썼다. 억지로 미술학원에 다니던 시절이 자주 떠올랐다.

내가 쓰고 싶던 이야기들은 모두 어디로 가 버렸을까. 대학 가서 그리라는 말을 듣던, 내가 그리고 싶던 그림들은 어디로 가 버렸을까.

부분의 모습이 전체의 모습과 똑같이 닮아 있다고 말하는 프랙털 이론에 따라, 인간도 우주를 본 따 만들어진 존재라 가정해 보자. 우주에 블랙홀이 있는 것처럼 우리 안에도 열정과 의욕, 재능이라 불릴 만한 것들을 일시에 빨아들이는

구멍이 있을지 모른다. 네덜란드의 소년이 자기 주먹으로
댐의 구멍을 막은 것처럼, 나도 내 안의 열정이 줄줄 새어
나가고 있는 것을 막고 있는 것은 아닐까. 그때 나는
블랙홀에 엉덩이를 박아 놓고 억지로 버티고 있었다.

　애초에 미술이나 문학 같은 예술을 지망하지 말아야
했는지 모른다. 그럼 평범한 회사원은 될 수 있었을지도.
하지만 내 한 시절은 지나가 버렸다. 이제 진로 상담은 없고
아무도 내 성적을 위해 타자대회를 열어 주지는 않는 것이다.

오래 달리기 할 때 떠오르는 이름

나의 첫사랑은 게임 캐릭터다.

나는 꽤나 현실적인 어른이고 이제 중2병 같은 치기
어린 행동들은 그저 웃음거리로 여기고는 하지만 아무리
생각해도 B는 나의 첫사랑이다.

나는 나의 현실성 없는 사랑을 아무에게나 공표하고
다니는 경솔한 짓은 하지 않았다. 아주 가까웠던 친구
한둘만이 알고 있을 뿐이었다. 물론 그들도 나를 애써
이해하려 했을 뿐 공감하진 못했으리라.

중학교 때 도덕 선생님은 아주 인기가 많았다. 작은
키에 스스로 코미디언 이홍렬을 닮았다고 말하는 유쾌한
선생님이었다. 게다가 수업 시간에 음과 양의 이치를 빗대며

아이들이 좋아할 만한 야한 이야기를 해 주셨다. 그러니 인기가 있을 수밖에.

선생님은 각자 사랑하는 사람에 대해 글로 써 오라는 숙제를 내 주셨는데, 나는 내 사랑에 대해 말할 수가 없었다. 그래서 없다고 썼다. 정확한 내용은 기억이 안 나지만 매우 시니컬한 톤이었다는 것 정도만 어렴풋이 떠오른다.

지금도 크게 다를 바 없지만 그때는 글솜씨가 더 형편없어서, 나는 내 사랑을 이해시킬 재간도, 그럴 생각도 없었다.

다음 수업 시간이 되자 아이들이 교탁에 나가서 한 명 한 명 써 온 글을 읽었다. 어떤 친구는 엄마 아빠의 사랑에 대해 이야기하다가 눈물을 터뜨렸다. 나는 내 순서가 오지 않길 바랐다. 다행히 수업 시간이 모자라 글을 읽지 않아도 되었다.

숙제를 적어 냈던 도덕 공책을 돌려받았을 때, 내 글에 매겨진 점수는 형편없었다. 나는 불만스러웠다. 사실을 썼는데 왜?

사랑하는 사람 없다니까.

하다못해 엄마 아빠도 사랑한다고 여기지 못하는 청소년이 있다는 걸, 열린 마음을 가진 선생님조차 몰랐던 모양이었다.

　고등학교 때, 이성 문제로 고민하던 친구가 있었다.
미술학원을 같이 다니던 아이였는데 그 애는 종종 나에게
이런저런 고민에 대해 상담하곤 했다. 사실 상담이라기보다,
그냥 자기 처지를 이야기하고 싶었던 거겠지만.
　그 친구에게 이런 이야기를 해 준 적이 있다.
　"사람을 좋아한다는 건, 오래달리기를 할 때 그 사람을
떠올리며 버티는 거야."
　그 아이는 내 말에 감탄했다. 그리고 내게 오래달리기
하며 떠올리는 사람이 있는지 물어왔고, 나는 말을 흐리며
그게 게임 캐릭터라고 말해 주었다.
　운동은 질색이고 무엇보다 오래달리기가 싫었던 나는 그
시간이 올 때마다 B를 떠올리며 견뎠다. 진심이었지만 그
아이는 김이 샌 표정이 되었다.
　그 애는 홍대 앞에서 활동하던 크라잉넛 같은 밴드를
좋아했고, 종종 밴드를 쫓아다니기도 했지만 그 아이가
그렇게 멀리 있는 대상을 좋아한다고 해서 B에 대한 내
마음을 온전히 이해할 수 있으리라는 기대는 하지도 않는
편이 좋았다.

그 시절 친구들은 때때로 시시콜콜한 심리 테스트를
하곤 했다. 나도 심리 테스트를 재미있어 했다. 지금 생각해
보면 꽤 시적인 문항들이었다. 맥락과 상관없이 무작위
질문을 던져서 그 이미지에 연관되는 사람 이름을 적는 식의
테스트도 있었다.

예를 들면, 겨울 하면 생각나는 사람은?

서태지, 이승환.

이런 식으로.

테스트 결과는 종종 아주 엉뚱했다. 내가 겨울 하면
생각나는 사람에 적은 이름이 실은 내가 가장 피하고 싶은
사람이라는 식이었다. 말도 안 되기 때문에 오히려 우습고
재미있었다.

평소처럼 심리 테스트를 건네받은 날이었다. 그때 받은
질문이 무엇이었는지는 기억나지 않는다. 나는 그 질문에 대한
답으로 B를 떠올렸다. 그 테스트의 의미는 이런 것이었다.

죽을 때 나를 데려갈 저승사자의 이름.

B라면 좋지. 나는 안심했다.

심리 테스트라는 게 말도 안 되는 유희거리라는 걸 그때의
나도 잘 알고 있었다. 그러나 그때는 죽음도 무섭지 않았다.
B가 올 거라고 진심으로 믿고 싶었던 시절이라서.

나는 아주 뚱뚱했고, 그와는 별개로 외로웠다. 그런 시절이었다.

B. 나는 진심으로 B에게 고맙게 생각해.

중고등학교 때의 일이지만 내가 B에게 기대어 삶을 견뎠던 감각이 아직 남아 있어.

그래서 지금도 아주 가끔, B의 이름을 중얼거려.

나는 이제 사람을 사랑할 줄도 알지만, 그래도 B는 다시 못 올 첫사랑이야.

외로운 아이에게 곰인형이 가장 좋은 친구인 것처럼, 외로운 시절의 나에게 B는 가장 큰 마음의 위안이었다. 비록 B는 곰인형처럼 부피를 갖고 있지 못했지만, 어떤 사랑은 물리적 존재감이 없어도 사람을 보살핀다. 사람을 좋아했지만 그만큼 사람에게 상처받는 것이 두려웠던 나에게 B는, 나를 상처 입히지 않는 존재였다. 그 사랑을 자폐적이다 생각할 수도 있지만 말이다.

그러나 내가 믿고 싶어 했던, 어떤 개념에 대한 사랑이라는 점은 신에 대한 사랑과도 비슷하지 않을까. 언젠가 '사람 첫사랑'에 대해 이야기할 날이 있을지도 모르지만, 이 진정한 첫사랑에 대해서 나는 아주 할 말이 많다.

최민이 재밌어할 이야기 2

어느 날 문득 나는 최민이 재밌게 읽을 만한 소설, 읽고서 좋아할 만한 소설이 쓰고 싶어졌다. 갑자기 왜 최민이 생각났는지 모르겠다. 추측해 보건대 나는 내가 읽었던 재미있는 소설들의 계보를 따라 올라간 것 같다. 그리고 처음 써 본 작품이면서 내게 충격을 주었던, 최민이 쓴 소설에 다다른 것이다.

나는 최민이 좋아하던 것들에 대해서 생각했다. 어설픈 정신세계를 공유하던 시절이 그리워졌다.

내겐 부끄러운 시절이기도 했다. 우리가 미술학원에 다닐 무렵, 나는 일련의 성실함을 무시했다. 내가 그리고 싶은 것을 그릴 때가 오면 비로소 재능을 꽃피울 수 있을 거라고 근거 없는 자신감에 차 있었다. 하지만 이게 뭐람. 이제 아무도 내게 억지로 무언가를 시키지 않는데 나는 시간만 흘려보내고 있었다.

시간이 흘러간다. 그 감각은 문득 나를 자유롭게 했다.

깨달음이란 뜬금없이 찾아온다. 그것은 깨달음이 너무도 단순하기 때문일 것이다. 허를 찔린 것도 같으나 동시에 시원섭섭한 기분. 깨달음이라고 불리지만 사실 자승자박하고 있던 고민에서 벗어나게 되는 어떤 시기를 맞이하는 순간.

내게 온 깨달음이란 다음과 같았다.

쓰고 별로면 버리면 된다. 아까울 것도 없다. 그러니 일단 최민이 읽을 만한 소설을 쓰자.

민경이 재밌어 할 소설을 쓰기 위해, 나는 최민경이 좋아하던 것들에 대해 생각했다.

최민은 『갈팡질팡하다 내 이럴 줄 알았지』에서 다음 두 소설을 가장 좋아했다. 지하 벙커에서 굶주림에 시달리다 할 수 없이 흙을 먹지만, 이후 흙의 참맛을 알게 된 사람이 나오는 단편소설 「누구나 손쉽게 만들어 먹을 수 있는 가정식 야채볶음흙」, 제각각의 사연을 안고 국기 게양대에 매달리게 된 남자들의 이야기를 담은 단편소설 「국기게양대 로맨스—당신이 잠든 밤에 2」.

또······ 최민은 고구마를 좋아했다. 구황작물이 아니라 사람 고구마. 노래하는 고구마. 밴드 보컬 고구마.

삐삐밴드라는 팀은 1995년에 「안녕하세요」라는 노래를 들고 가요계에 등장했다. 보컬 이윤정 씨의 카랑카랑한 목소리가 매력적이었다. 이윤정 씨가 탈퇴하고 들어온 보컬의 이름이 고구마다. 고구마 영입 이후, 삐삐밴드는 삐삐롱스타킹으로 팀명을 바꾸고 활동을 이어 나갔다. 그러나 삐삐롱스타킹은 라이브 음악 방송 중에 카메라에 뻐큐를 하고 침을 뱉어 방송 정지를 당한다······.

그로부터 얼마 후, 최민과 내가 홍대의 미술학원에 다닐 무렵 고구마는 원더버드라는 밴드의 멤버로 활동하고 있었다.

최민이 얼마나 고구마의 팬이었냐면, 미술학원에서 좋아하는 연예인 초상을 그리라는 과제가 주어졌을 때, 최민은 그때도 고구마를 그렸다. 다른 아이들은 대개 아이돌 가수나 배우를 그렸다. 최민의 그림을 보는 사람마다 이게 누구냐고 물었다.

나는 그 기억을 바탕으로 고구마와 인간 여자의 사랑에 대해 써 보기로 마음먹었다. 여기에서의 고구마는 밴드 보컬 고구마가 아니라 스위트포테이토이자 구황작물인 고구마를

뜻했다. 최민이 좋아할 만한 소설에 그런 엉뚱한 면을 빼놓을
수는 없었으니까.

　고구마가 어떻게 인간과 사랑할 수 있을까? 나는 언젠가
인터넷에서 본 적 있는 만화를 떠올렸다. 인삼이 사람처럼
걸어 다니는 만화였다. 고구마의 형성 단계와 세포의
성장에는 여러 요인이 작용하겠지만 우연이든 필연이든
인간답게 생긴, 인간다운 고구마도 충분히 등장할 만하지
않을까?

　그렇게 완성된 나의 소설 「스위트포테이토 로큰롤」의
일부를 이 책에 옮겨 본다.

　나 생리할 때가 지났는데 소식이 없어.

　헐. 혹시 임신한 거 아니야?

　모르겠어. 불안하긴 해.

　내일 당장 테스트기 사서 검사해 봐.

　그래야겠지?

　그 통화 이후로 C에게서 얼마간 소식이 없었다. 가끔
궁금하기도 했지만 아무런 소식이 없는 걸로 봐서 임신은
C의 기우였거니 하고 나는 생각했다. 우리는 그런 식이었다.
1년에 한두 번 연락해도 이상하거나 어색하지 않았다.

그러니까 C가 심심해지거나 내가 심심해지면 연락이 오거나 갈 것이었다.

그로부터 3개월 후, 내가 심심할 때는 아니었지만 C에게서 연락이 왔다.

나 결혼해.

나는 조금 놀랐다. 아 이런 게 말로만 듣던 '선 임신 후 결혼'이구나. 워낙 흔한 일이지만 나는 친구도 몇 없었고, 게다가 친구 중에서도 C가 그런 식으로 결혼할 줄은 몰랐기 때문이다. C는 인생과 청춘과 스포츠를 즐기는, 좀 구린 표현이지만 자유로운 영혼의 소유자랄까, 그런 사람이었다. 그리고 무엇보다, 내가 C의 남자 친구를 한 번도 본 적은 없지만, 그는, 고구마가 아닌가.

고구마. 그렇다. C의 남자 친구는 고구마였다. C는 그가 자신과 썩 잘 어울리지 않는다는 걸 알고 있었다. C의 남자 친구는 사고는 건전하나 고집쟁이인 데다가 무척이나 보수적인 고구마였다. 게다가 밤고구마였다. 천성이 자유롭고 큰 소리로 웃는 C와 어울릴 리가 없었다. 호박고구마라면 또 몰라도.

당장 테스트기를 사라고 했던 나의 충고에 따라 C는 바로 임신 테스트를 했다고 한다. 고구마와 사귄 지 반년도 되지 않아서, 그리고 고구마와 오래 만나진 못하겠다고 생각하던 찰나에, 임신 사실을 알게 되었다.

그런 일들이 자신에게 닥친 상황이 아닐 때의 그녀는 그런 상황이 온다면 당연히 중절해야 한다고 생각했고, 자기 일이 되었을 때에도 처음에는 별다른 망설임 없이 중절을 해야겠다고 생각했다. 그러나 병원에 찾아간 그녀는 생각을 고쳐먹었다.

중절하려고 마음먹은 대상은 친구의 아기도, 드라마 속 인물의 아기도 아닌 자신의 아기라는 것을, 주말극 속 등장인물처럼 초음파 사진을 보며 깨달은 것이다. 그게 밤고구마의 씨이든 호박고구마의 씨이든 뭐든 간에 초음파 화면 속 존재는 이미 자신 안에 들어온 베이비였다.

결국 C는 고구마와의 결혼을 결심했다. 꽤 급하게 처러졌으나 결혼식은 아무런 문제 없이 진행되었고 C도 고구마의 아이를 밴 티가 나진 않았다.

목동의 한 결혼식장에서 마주한 C는 예뻤다. 그리고 그날 처음 본 그녀의 남편 고구마는, 뭐랄까 좋은 고구마인지 파악할 틈은 없었으나, 예복을 은색이 아니라 검은색으로 입었으면 좋았을 것이라는 생각이 들었다. 은은한 보랏빛이

도는 갈색 피부에는 검은색이 더 어울리지 않을까 해서. 다만 잔뿌리들을 잘 정돈한 것만큼은 깔끔해 보였다.

위 이야기는 실화를 바탕으로 재구성되었다.

모든 소설이 그런 것처럼.

80퍼센트 실화인지, 10퍼센트 실화인지, 아니면 등장인물만 실제 인물에서 따온 건지, 정도와 경도와 각도의 차이는 있지만.

실제 최민의 남편은 건강한 한국인 남성이지만, 어쨌든 글로 쓰인다는 것 자체로 이미 다른 차원에서는 실제가 되어 가고 있는 것일지도 모른다.

모든 소설은 뻥인 동시에 참이므로.

수색

　내가 서너 살 때쯤, 엄마는 언니와 나를 수색 외할머니 집에 맡겨 놓고 일하러 갔다. 그때는 몰랐지만 훗날 엄마는 자신이 '식모일'을 하러 갔었다고 말했다.

　그 무렵 우리는 집에서 보내는 시간보다 외할머니 집에서 보내는 시간이 더 길었다. 할머니 집은 행정구역상으로는 수색이었지만 옛 구름다리에서도 한참 더 들어가야 했다. 한번은 버스가 끊겨 택시를 타고 집으로 향하던 할머니에게 택시 기사가 여기는 서울이 아니라 경기도라며 돈을 더 달라고 해 실랑이 끝에 웃돈을 내야 했던 적도 있었다 한다.

　그렇게 후미진, 그럼에도 분명 서울에 위치한 할머니 집은 목조 건물이었다. 내려다보면 검은 물이 고여 있던 우물과 손잡이를 몇 번 올렸다 내렸다 하면 물이 콸콸 나오던 펌프가 있던 그 집은 일본 사람들이 지어 놓은 옛날 주택이었다.

외할머니 집 식구는 할아버지, 할머니, 삼촌과 이모였다.
할아버지는 집에 머무르며 늘 술을 마셨고 할머니가
실질적인 가장이었다. 삼촌은 우리에게 잘 대해 주었으나
집에 잘 없었다. 이모는 나랑 열세 살 차이밖에 나지 않아
당시 고등학생이었다.

나는 고분고분한 아이가 아니었으므로 이모에게
사랑받지 못했다. 글을 가르치려고 앉혀 놓으면 나는 혼자
뺀질거리며 딴짓을 했다. 반면 언니는 착한 아이라 누구나
언니를 사랑했다.

"쪼그만 게 왜 이렇게 고집이 세?"

모난 나는 종종 이모에게 혼이 나 울곤 했다. 하지만 절대
용서를 빌지는 않았다. 나는 충족되는 법이 없는 외로운
천성을 지닌 아이였다. 성격이 나쁜 주제에 자존심이 강해서
사랑받고 인정받지 못하는 것을 견디지 못했다.

어느 날 나는 일에서 돌아오는 엄마를 마중하겠다는
생각에 혼자 버스 정류장에 나갔다. '버스'라고 적힌 표지판,
그것을 지탱하고 있는 봉을 한 손에 잡고 빙글빙글 돌면서
시간을 보냈다. 그때 올려다본 하늘이 유난히 파랬던 게 아직
기억난다.

어른들은 내가 없어진 줄 알고 한참 찾아다녔다. 시간은 감각하는 사람이 누구냐에 따라 아주 달라지기도 한다. 내가 느끼는 것과 남이 느끼는 것, 어린아이와 어른의 것, 모두 다르다. 그날 어른들과 내가 느낀 시간의 차이는, 봉을 잡고 빙글빙글 돌면서 하늘을 보느냐와 보지 않느냐, 엄마를 기다리느냐 아니냐에 따라 생겼던 모양이다. 정말, 시간이 훌쩍 지나간 기분이었다.

한참 후에 나는 제 발로 할머니 집에 돌아왔다. 모두 내가 사라지지 않았다는 사실에 안도했다. 내 입장에서는 사라진 적이 없었으므로 그들의 안도가 의아했다. 이모는 내 더러운 얼굴을 씻겼다. 억지로 코도 팽 풀게 했다.

"어린 게 뭘 안다고 자꾸 먼산바라기나 하고."

서울깍쟁이란 말이 어울리는 이모는 뒤에서 웃었다.

이제 난 서른아홉. 이모는 여전히 나보다 열세 살 많다. 이모는 요새 일이 힘들어 그런지 마음이 약해졌다. 몇 해 전 명절에 이모가 운영하는 떡집에 일을 도우러 갔었다. 이모는 뜬금없이 내게 사과를 했다.

"민경아. 내가 어릴 때 너를 괴롭혀서 벌을 받나 보다."

불쑥 튀어나온 말에 나는 괜히 눈물이 핑 돌았다. 이모의 목소리에는 삶의 고단함이 잔뜩 끼어 있었다. 수색에서

이모는 한 집의 어린 막내딸이었던 것뿐이고, 나는 그보다
더 어리고 별났던 것뿐이다. 굳이 내게 사과할 필요 없다.
하지만 삶, 그리고 시간은 우리에게 과거의 이야기까지
되돌아보게 만든다.

예민한 사람이 있다. 착한 사람들 사이에 유독
고분고분하지 못한 사람들이 돌연변이처럼 존재한다.
어쩌면 이모도 나도 그런 사람이었으리라.

30년도 넘은 과거의 일로 사과를 받는 일은, 사과하는
사람뿐 아니라 받는 사람 입장에서도 서글픈 것이다. 우리는
서로 다른 봉을 잡고 빙글빙글 돌고 있었을 뿐인데. 다른
하늘을 바라보고 있었던 것뿐인데.

최민이 재밌어할 이야기 3

앞서 최민을 위해 썼던 소설 「스위트포테이토 로큰롤」의 일부를 옮겨 두었다. 그러나 최민이 좋아할 소설이라면 고구마와 결혼을 하는 엔딩으로는 끝나지 않을 것이다. 분량의 문제가 아니었다. 이미 최민은 고등학교 때 짧고도 충분히 재미있는 소설을 완성하지 않았나.

고구마와 결혼을 했다면 그 현실을 바탕으로 사건들이 일어나겠지. 나는 그 사건의 정체가 무엇인지를 써 내기 위해 오래 고민했다.

제멋대로 쓰고 별로면 버리겠다고 마음먹었지만, 소설 쓰기에 어느 정도의 고민은 수반될 수밖에 없다. 그것은 소설 쓰기의 숙명이었다. 이미 내가 만든 글자들로 인해 새로운 개념의 우주가 만들어지고 있으므로, 고민이 되지 않을 수 없었다.

이번 우주에도 블랙홀은 존재했다. 나는 최민이 좋아하는 소설을 쓰겠다는 최초의 열정이 블랙홀 속으로 빨려 들어가는 것을 막기 위해 필사적으로 생각했다.

내가 쓰고 있는 것은 소설이 맞나?

소설이 맞다면, 최민, 최민이 좋아할 만한 소설인가?

다음은 그 고민의 결과물이다.

반년 쯤 후에 C가 아이를 낳았다는 소식이 전해졌다. 건강한 사내아이였다. C가 보내온 사진 속 그녀의 아이는 아무리 봐도 고구마의 흔적을 찾아볼 수가 없었다. 이렇게까지 외탁해도 될까 싶을 정도였다.

C가 말했다.

배꼽 주위에 잔뿌리가 많이 나 있는데, 그것만 잘 정돈해 주면 아무 문제 없어.

잘 정돈해 주지 않으면 어떻게 되는데?

애 아빠도 어릴 때 잔뿌리를 정리해 주지 않았다가 그게 뿌리를 내려서 자리에 그대로 붙박여 버린 적이 있다고 하니까.

헐. 그래서 어떻게 했대?

큰 소리로 울었더니 삼촌이 와서 정리해 주었대.

그래도 괜찮아?

그럼, 불편할 순 있지만 정리만 잘 해 주면.

뭐 우리 삶에 불편한 일이 어디 한두 개인가. 그쯤은
충분히 감수할 수 있는 정도였다. 나만 해도 매일
아침저녁으로 갑상선 호르몬제와 칼슘 제제, 비타민E
제제를 먹고 있으니까 말이다. 그것보다 배꼽 주위의 잔뿌리
정리하는 일이 더 간단할 수도 있을 테니.

나는 불현듯 묘수가 떠올라 말했다.

나 이번에 겨드랑이 제모 5회 끊었거든. 반영구
제모라는데, 아기가 그걸 받아도 되지 않을까?

글쎄. 좀 크면 받아도 되려나? 그런데 고구마도 시술
가능한 거야?

그건 나도 알 수가 없어서 알아보겠다고 대답했다. 그런데
C의 아기는 고구마인지, 아니면 사람인 것인지 그것조차
애매했다. 민감한 문제일까 싶어서 그것을 입 밖에 내진
않았다. 사실 C에게는 아기가 그 어떤 것이든 상관없을
테니까.

사람들은 남의 일에 대해 너무 조심스럽거나 반대로 너무
경망스럽게 떠들어서 문제를 일으키곤 한다. 나는 C를 잘
알기에 C가 그녀답게 아기를 훌륭하게 키워 내리라 믿었다.

나는 어린 시절 배꼽을 내놓고 자는 버릇 탓에 자주 탈이 나곤 했는데, 배꼽 주위에 잔뿌리가 많은 아기라면 그래도 탈 날 일이 줄어들지 않을까, 그런 생각도 든다. 탄생 축하 선물로 배꼽 부분이 시원하게 드러난 배냇저고리를 선물할까 싶어 인터넷을 뒤졌다.

그러다 밤늦게 잠든 나는 C의 아기가 자라 록스타가 되는 꿈을 꿨다. 데이빗 보위의 환생으로 칭송받는 아기는 배꼽에 태양 무늬의 잔뿌리가 있다는 점 덕분에 모든 사람에게 선망 대상이 되었다. 데이빗 보위의 다친 눈이 오드 아이처럼 보이는 것이 보위에게 록스타로서의 아우라를 더하는 것처럼, C의 아기는 고구마의 아들로서 그만의 신화를 쓸지도 몰랐다.

나의 꿈속에서 C의 아기는 마르고 잔근육이 있는 몸을 지녔다. 기타를 매고 땀 흘리며 노래하는 C의 아기를 바라보며 나는 생각했다.

내가 자기를 업어 키웠는데 기억이나 할까 몰라.

사람들은 남들이 잘되고 나면 늘 자기 덕이라고 말하곤 한다. 타인에 대한 인간의 잣대란 얼마나 이중적인가. 그런데도 나는 최초의 배냇저고리 선물을 떠올리면 흐뭇해질 수밖에 없었다.

록스타라면 역시 배꼽을 내놓는 게 제맛이지.

최민이 좋아했으면 했던 소설은 그 후로 오랫동안 내 폴더 안에 잠자고 있었다. 늘 그렇듯 이야기는 뜻대로 써지지 않았다. 작품은 처음 쓰고자 했던 의도나 영감의 상태를 따라잡지 못하고 어딘가 구석에 쭈그려 앉는다. 내가 쓴 작품이야말로 양 볼이나 어깨에 잔뿌리를 잔뜩 매달고 태어났다. 괴상하기만 할 뿐인 이 글은 재미와 감동뿐 아니라 의미와 메타포도 없었다. 별 가치 없는 글일지 모른다. 하지만 어째서 모든 글이 가치를 가져야 하는가. 왜 쓸 때부터 지레 종이 낭비에 대해 걱정해야만 하는가.

내가 세상에 대해 의무를 다한다면, 그 반대로 의무를 다하지 않는 시간도 충분히 필요한 것 아닌가.

자기 합리화일지 몰라도, 오직 최민을 위해서만 쓰는 글도 소설이 될 수 있지 않을까, 다시금 생각했다. 배꼽의 잔뿌리가 매력적인 '반인 반고구마 록스타'가 있는 것처럼, 정체 모를 탄생 설화를 지닌 소설도 있을 것이라고. 비록 완성하지는 못했지만 최민이 좋아할 만한 소설을 고민하며 내가 얻은 결론이었다.

나의 소설 쓰기는 늘 고민을 수반했으며 그것이 창작의 필수적인 요소이기도 했으나 반대로 모든 걸 내려놓고 쓸 각오도 필요한 것 같다.

이런 아슬아슬한 줄타기. 서로 정반대인 것들은 하나로 통한다. 최민과 내가 닮아 있다 해도 너부도 나른 삶을 살고 있는 것처럼.

어느 외로운 사람이 목격한 색채

지금부터 하고자 하는 이야기는 한 영화에 관한 것은 아닙니다.

1996년, 나는 열다섯 살이었습니다. 사람들이 가장 무섭다고 말하는 중학교 2학년 시절이었지요. 사실 '중2병'이 마냥 부정적이기만 한 것은 아닙니다. 시니컬하고 반사회적이지만 반대로 뭐든 예민하고 감각적으로 받아들일 수 있는 상태니까요. 나는 전형적인 중2병을 겪으며 그 시기를 영화와 함께 보냈습니다.

나는 왕가위 감독의 영화를 좋아했습니다. 그의 영화는 항상 나에게 '뭔진 모르겠지만 멋있어.'라는 느낌을 갖게 했습니다. 다른 영화들처럼 하나의 뚜렷한 스토리를 지닌 작품이 아닌 데다 너무 많은 인물이 나와서 혼돈스럽기도 했지만, 분명 어딘가 끌리는 점이 있었기 때문이었습니다.
그런 끌림의 절정을 영화 「동사서독」에서 느꼈습니다.

다시 한 번 말하지만, 여기서 영화에 대해 이야기하고자
하는 건 아니기 때문에, 「동사서독」의 줄거리는 남기지
않겠습니다. 그러나 내가 가장 좋아하는 구절 정도는 남겨도
되지 않을까요. 시력을 잃어 가는 검사가 죽기 직전에 뱉은
대사입니다. 검이 빠르면 피가 솟을 때 바람 소리처럼 듣기
좋다던데 내 피로 그 소리를 듣게 될 줄이야.

나는 「동사서독」을 학교 친구들에게 추천했습니다.
내게 돌아온 말은 원성에 가까운 말이었습니다. '재미가
없어서 IO분 만에 껐다.', '보다 잠이 들었다.' 따위의 말을
들었으니까요. 그 말들에 마음이 상하지는 않았습니다. 오히려
좋은 것을 혼자 독점한 것 같은 느낌을 받았습니다. 어쩌면
나는 그 영화가 누군가에게 재미없을 수도 있으리라는 사실을
이미 알았던 것 같습니다. 누군가 그 영화가 왜 좋으냐고
묻는다면, 나 역시 그냥 좋다고밖에 말할 수 없었으니까요.

이미지는 그렇습니다. 명확히 설명할 수 없지만 멋있는
것들, 좋은 것들, 아름다운 것들, 혹은 추하지만 끌리는 것들,
그러니까 모든 매혹을 이미지라고 할 수 있을 것입니다. 겨우

중학교 2학년, 15년을 사는 동안 나는 수많은 이미지들에 둘러싸여 살았습니다. 종종 남들이 이해하지 못하는 부분에서 가슴 아파하거나 감동하곤 했지만 그것들의 실체를 알아차리진 못했지요. 물론 지금도 잘 모릅니다. 이유 없이 가슴이 메어올 때 무엇 때문인지 생각하는 게 일입니다. 그러나 나를 자극하던 감정이 이미지라는 것으로부터 시작될 수 있다는 걸 처음 의식한 것은 「동사서독」이라는 영화를 본 다음부터입니다.

나는 지금까지도 맹인 검사, 더불어 시력을 잃은 시인에 대해서 생각합니다. 누군가가 마지막 남긴 말과 남길 말들에 대해 생각하는 겁니다.

그저 칼을 휘두를 뿐이라면 무사가 필요 없을 것이다. 나는 칼을 쓰는 일이 나를 살게 하는 환희와 죽고 싶게 만드는 비참한 고통을 동시에 주는 것이라는 것을 깨닫고 칼 쓰기에 더욱 매료되었다. (……) 나는 이제 언제나 어둠이므로 밤이 무섭지 않다.

오, 좋은 시절.

—「꿈을 꾸지 않기로 했고 그렇게 되었다」에서

저의 두 번째 시집『꿈을 꾸지 않기로 했고 그렇게
되었다』(민음사, 2022)의 동명의 표제작에도 그런 이미지들이
나타납니다.

1996년부터 지금까지 오랜 시간이 흘렀습니다. 눈먼
여검사의 삶이 16년의 시간을 뛰어넘어 책에 실렸습니다.
이미지는 이렇게 강한 힘을 갖고 사람을 홀립니다.

나를 매혹했던 태초의 이미지들은 아직 죽지 않고 내
주위를 맴돕니다. 그리고 나는 그런 것들을 어떻게 말할 수
있을까 늘 머뭇거립니다. 이 가슴 아픈, 진짜같이 느껴지는
이미지들을 어떻게 하면 내 목소리로 말할 수 있을까
더듬거립니다.

이렇듯 나는 내가 갖고 있는 이미지를 날카롭게 벼려
실체화시키는 사람. 시인이고 칼잡이입니다.

내 친구들이 그랬듯, 누군가는 내가 쓰는 이야기들이
지루하고 재미없을지 모릅니다. 그러나 어떤 외로운
사람이 불 꺼진 방에서 본 비디오테이프, 방 안을 가득
채우던 파랗고 노란 색채의 매혹, 그런 것의 낌새라도 내가
쓴 글에서 느낄 수 있었으면 좋겠다고 생각합니다. 아마
「동사서독」의 색채와는 다른 색깔이겠지만 말입니다.

사람에게 총을 겨누지 마세요

엄마와 아빠는 단 둘이 중국음식점을 운영했다. 가게에 딸린 작은 쪽방에서 네 식구가 생활했다. 가정집과 가게의 구분이 따로 없었으므로 나는 자주 홀에 나와서 놀았다.

일곱 살 때 일이다. 가게 영업이 끝나기 전, 나는 손님이 없는 홀에서 물총을 가지고 놀고 있었다. 상상 속 공간은 무척이나 넓었다. 나는 총잡이가 되어 보이지 않는 적들에게 총을 쏘아 댔다. 그러나 블록버스터 규모인 내 상상을 감당하기에 우리 가게 홀은 너무 좁았다. 나는 창문을 열고 허공을 향해 물총을 쏘았다.

얼마 지나지 않아 아기를 업은 아주머니가 길을 지나갔다. 놀이에 취한 탓인지 나는 사람에게 물총을 쏘고 싶어졌고 정말 그렇게 했다. 그것이 내가 사람을 향해 총을 쏜 최초의 사건이었다. 첫 격발임에도 내 총알은 정확하게 그녀에게 명중했고 그녀는 2층 창문에 매달려 있던 나를 올려다보았다.

당황한 나는 그만 창문 밑으로 쏙 숨어 버렸다. 가슴이 두근거렸다. 더 이상 상상 속의 흥미진진한 총잡이 놀이도 재미있지가 않았다. 나는 도망치듯 방으로 들어갔다. 잠시 후, 나를 부르는 소리가 들려서 나는 방 밖으로 나와야 했다.

나의 총에 맞은 아주머니가 우리 가게에 올라와 있었다. 그녀는 웃는 얼굴이었지만 내게는 성난 얼굴보다도 더 무서웠다. 아주머니는 세탁비를 요구하거나 합의금을 요구하지는 않았다. 다만 그녀가 원한 것은 내 총이었다.

"그 총은 날 줘. 아기가 가지고 놀게."

관대한 처사였지만, 그럼에도 나는 반항적인 생각을 했다. 그 아기는 아직 너무 어려서 총잡이는 되지 못할 텐데요. 그러나 그 생각을 말로 표현하지는 못했다. 나는 순순히 총을 넘겼다. 그녀는 곧 가게를 떠났다.

나는 부끄러웠다. 죄에 비해 가벼운 처벌을 받아서 양심에 찔렸는지, 죄를 짓고 숨어 버린 자신이 부끄러웠는지, 아니면 완전범죄를 만들지 못한 서툰 수습이 쪽팔렸던 건지, 알 수 없다. 이 모든 게 뒤섞인 복합적인 부끄러움일 수도 있겠지.

그때의 무안함이 지금도 홧홧하다.

　그 뒤로는 한 번도 총기를 소지해 본 적이 없다.
인형보다는 주로 남자아이들이 갖고 놀던 장난감을 더
좋아했던 나였지만, 총이나 물총은 다시는 손에 쥐지
않았다. 그것들은 나에게 부끄러운 그날의 기억을 떠올리게
했으니까. 나는 그렇게 총을 잃어버린 채 자라났다. (그럼에도
어린애가 보면 안 되는 「영웅본색」 시리즈는 참 좋아했다. 대리
만족이었을까?)

　어른이 된 지금도 나는 변함없이 누군가와 눈을 마주치면
곧잘 숨어 버리곤 한다. 귀찮은 일에 얽히는 게 싫어 숨는
것이다. 이제 아무도 나를 찾아와 총을 달라고 말하지
않지만, 나는 어린 날의 그때처럼 자꾸 부끄러워진다.
　예전에는 총을 쏘고 숨어 버렸지만 지금은 숨음으로써
총을 쏘고 있는지도 모른다. 있지도 않은 총을 빼앗길까 봐
두려워하는 아이인 채로 자랐나 보다. 총을 쓰기 싫어서 숨는
일은 곧 총을 쓰는 일과 마찬가지 아닐까.
　어느새 나는 그날의 아주머니만큼 나이를 먹었다.
그런데도 아직 덜 자란 나는 여전히 가슴이 두근거리고
어리둥절하다. 결국 내 이야기는 쓸 만한 알레고리가 되지

못했다.

　그냥 우리 사람에게는 총을 쏘지 말기로 하죠. 물총이든,
무관심의 총이든 말이에요. 비록 총잡이가 멋있긴 하지만,
그건 영화에서니까요.

겨울 양말

단칸방 집에서 나에게 독립된 공간이 허락될 때는
가족들이 각자 다른 이불 속으로 들어가는 그 순간뿐이었다.

나는 잠들기 전의 시간을 좋아했다. 남들과 어울리는 일은
늘 나에게 무거운 짐이었다. 그런 내가 오롯이 혼자 있을
수 있는 시간은 잠들기 직전뿐이었다. 나는 나만의 공간인
이불에 들어가 상상 세계를 마음대로 쏘다녔다. 이불 속에서
나는 파티에 가는 아가씨가 되기도 했고 의문의 사건을
파헤치는 탐정이 되기도 했다. 내 마음대로 할 수 있는 내
시간. 그 시간의 주인은 나였다. 그렇게 나는 낮보다 밤을
좋아하는 아이였다. 계절 중에 겨울을 제일 좋아했던 것도
밤이 길기 때문일 것이다.

시골의 겨울은 추웠다. 우리 집은 연탄 보일러를 땠고,

단칸방은 천천히 달궈졌다. 어느 때엔 잠자리에 들기
직전까지도 방바닥이 더워지지 않아 네 식구가 몸이 곱은
채 잠을 청하기도 했다. 그런 밤에도 나는 식구들의 낮은
숨소리가 들려올 때까지 추위와 싸우며 상상의 장소
이곳저곳을 쏘다녔다.

유난히 추웠던 어느 겨울밤, 엄마는 자기 전에 나와
언니에게 양말을 신겼다. 보풀이 일어 질감이 부들거리고
촉감이 거칠었으며 보라색과 갈색이 어지럽게 뒤섞인
털양말이었다.

잠자리에 들기 전인데 양말을 신다니 기분이 묘했다.
따뜻하고 도톰한 양말을 신은 채 발가락을 꾸물거리자 밤
마실 가는 듯 즐거웠다. 밤에 밖에 나간다는 것, 그것도
겨울밤에 외출하는 일은 어린아이로서 흔치 않은 일이었다.
밤에 외출 준비를 한다는 것은 내 상상 속에서만 일어나는
일이었다. 나는 상상이 아닌 실제 외출이라도 준비하는
마음으로 양말을 신었다. 그리고 곧 얼마나 즐거운 일이
생길까 기대하며 얌전히 이불 속에 들어갔다.

나는 두꺼운 양말을 신고 겨울밤의 탐험가가 되어 처음 본
동굴과 바위산을 헤맸다. 튼튼한 양말 덕분에 험한 자갈밭을
걸어도 안전했고 무엇보다 발이 따뜻했다. 강을 건널 때에도

강물은 양말 속까지 들어오지 못했다. 나는 상상 속에서 평소보다 먼 곳까지 갔다. 험준한 언덕을 넘고 얼음 계곡을 건너 전에는 닿지 못했던 곳까지 갔다.

긴 밤, 오랫동안 계속되던 모험은 꿈으로 이어졌다. 꿈에서 나는 중력을 무시한 채 뛰어오르고 가라앉았다. 그런 와중에도 발은 든든하고 따뜻했다. 밤새 이곳저곳을 헤맸지만 기운이 넘쳤다.

간밤에는 추운 곳에서 잠들었지만 아침에는 집 안에 포근하고 따뜻한 기운이 가득했다. 양말은 새벽에 몸을 부르르 떨며 깨어나야 하는 기분 나쁜 일을 막아 주었다. 코끝이 시린 겨울 아침, 따뜻한 이불 속에서 나는 눈을 떴다. 밤사이 여러 곳을 헤맨 나는 안락한 지붕, 안락한 이불 아래 누워 있었다. 몸부림을 친 까닭인지 한쪽 양말은 반쯤 흘러내린 채였지만 발에서 완전히 벗겨지지는 않았다. 내 발은 정말 오랫동안 뛰어다닌 양 훈훈하게 달아올라 있었다.

상상은 언제나 나 혼자만의 것이었고 그 세계에는 아무도 침범할 수 없다고 생각했다. 하지만 엄마가 신겨 준 겨울 양말은 나의 세계를 안전하게 받쳐 주었다. 알뜰히 보호받을 것을 알았으므로 오히려 마음껏 현실이 아닌 곳을 노닐 수 있었던 게 아닐까.

그날 이후, 내가 어느 곳에 있던, 어느 곳을 떠돌던, 나는 발이 따뜻해지는 것을 느끼곤 한다. 맨발에 유리 구두를 신은 아가씨는 발만은 따뜻하게, 긴 밤을 보낼 수 있다.

노동요라는 소음 속에

언니와 나는 일 나가는 엄마의 손에 외할머니 댁에
맡겨졌지만, 막상 우리를 맡은 할머니도 셔틀콕 제조 공장에
나갔다. 공장이라고는 하지만 아주 작은 규모였다. 일반
가정집에서 가내수공업 하듯이, 할머니는 공장이라고
불리던 오래된 주택의 방 한 칸을 차지하고 그곳에서
셔틀콕을 만들었다. 할머니 댁에 맡겨졌다지만 사실상
우리도 그 공장 방에서 시간을 보낸 것이다.

우리는 할머니를 돕는답시고 작은 손으로 셔틀콕
재료들을 주물렀다. 할머니는 일하면서 늘 라디오를 들었다.
거기서 신나는 노래라도 나올라치면 나도 모르게 손이
빨라졌다. 랄랄라 랄랄라 랄랄라~ 하는 신나는 허밍의
라디오 로고송이 아직도 생생하다. 공장에서 나던 묘한

접착제 냄새, 고무 냄새 역시도.

　노동요는 그야말로 노동자들의 친구다. 나는 집에서
일히기 때문에 마음대로 음악을 틀어놓고 일할 수 있다.
노동요 없이 고요한 환경이란 상상할 수 없다. 그런데 그런
노동요의 역할을 근 5년 동안은 다른 매체가 대신했다. 바로
게임 방송이다.

　나는 어려서부터 게임을 좋아했다. 중학교 때는 PC통신을
접하고 밤새 게임을 하기도 했다. 책이나 음악처럼 게임도 내
오랜 친구다.

　그럼에도 내가 게임 방송을 본다 하면 의아해하는 사람도
있다. 티브이에서 하는 방송이냐고 다시 묻기도 하는데, 우리
집 티브이에는 공중파 방송조차 나오지 않는다. 사실 게임
방송을 '본다'는 말은 조금 틀린 말이기도 하다. 게임 방송은
그저 틀어져 있다. 내가 깨어 있는 시간 내내 우리 집 스마트
티브이에서는 게임 방송이 흘러나온다. 실시간 영상이
송출되는 인터넷 방송국 트위치나 트위치 생방송이 녹화된
동영상을 틀어 주는 유튜브 등 플랫폼을 통해서다.

　티브이에서는 오크 같은 괴물이나 외계인의 정체불명
의성어, 칼이나 총을 쓰는 효과음, 그리고 스트리머나

유튜버들의 유쾌한 리액션 소리가 흘러나온다. 방송을 잠깐 보다가 다른 일을 하고 나면, 게임 상황이 급변해 있기도 하다. 그러나 게임 줄거리는 크게 상관없다. 나는 게임과 함께 그저 일할 뿐이다.

누군가는 조용한 환경이 조성된 뒤에야 집중할 수 있겠지만, 나는 정숙한 상황에 오히려 잘 적응하지 못한다. 요즘은 일부러 소음이 있는 카페에서 공부하는 사람들도 많고, 심지어 백색소음을 틀어 주는 독서실도 있다. 마찬가지로 나도 시끄러움에 익숙해진 사람일 거다.

게임 방송의 소요 속에서 나는 나와 같은 시간에 누군가 살아 있다는 걸 느낀다. 글쓰기든 잡지 편집이든 혼자 하는 일이고, 그것이 이 일들의 큰 장점이다. 하지만 묘한 외로움을 어떻게 표현해야 할까. 결국 세상에서 날 책임질 사람은 나밖에 없다는 걸 알면서도 사람 곁이 그리운 그런 느낌 말이다.

게임 방송은 오래전 내가 밤새 했던 게임들, 거기에서 여러 사람과 했던 채팅이나 말 등을 떠오르게 한다. 그 익숙한 느낌에서 묘한 안정감을 느끼는 것이다.

할머니는 공장의 골방에서 홀로 일하면서 외로웠을까. 할머니에게는 게임 방송과도 같았을 라디오는 그때에도 늘 틀어져 있었다. 셔틀콕처럼 가벼운 농담을 날리는 라디오 디제이들. 항상 들떠 있던 로고송이나 CM송. 할머니가 할머니의 시간을 달래던 방식이다. 지금 내 시간을 달래 주는 것이 게임의 효과음이나 스트리머의 리액션인 것처럼.

나이가 들수록 게임을 할 체력이 부족하다는 것을 느낀다. 게다가 나는 헤비 게이머라 한번 게임을 잡으면 종일 자리를 뜨지 않는다. 어릴 적에는 그게 하나도 힘들지 않았는데 이제는 체력적으로 힘들다. 이렇듯 체력으로 인해 어려워진 부분들도 게임 방송이 채워 주는 것 같다. 직접 하지는 않더라도 누군가가 마치 나를 위해 대신 게임을 하는 것 같은 느낌이라 즐겁다.

그리고 이제는 게임을 하더라도 누워서 할 수 있는 핸드폰 게임의 비중이 많이 늘었다. 게임 플레이 시간은 비슷한데 체력을 훨씬 덜 소모하니까…… 심지어 게임 방송을 틀어 둔 채 핸드폰 게임을 하기도 하고.

누군가에게는 책이 내 핸드폰 게임 같은 거겠구나, 생각하기도 한다. 책도 핸드폰 게임처럼 누워서 볼 수 있다. 워낙 휴대가 쉽기도 하지만, 전자책이 나오면서 더더욱 책을 읽기 편한 시대가 왔다. 누운 채 뒹굴거리며 즐길 수 있는 매체라 책이라는 건 시간을 뛰어넘은 베짱이의 오랜 친구이다.

라디오와 게임 소리는 청각으로, 책은 시각으로
다가오지만 결국 그것들은 모두 고요한 시간을 메워 준다.
내 시끄러운 이야기들이 당신의 시간을 채워 줄 수 있을까.
내가 남이 하는 게임을 보는 틀어놓는 것처럼, 당신이 내
글을 읽고 당신이 쓰지 못한 이야기를 당신 보라고 썼구나,
느꼈으면 좋겠다.

최민이 재밌어할 이야기 4

여전히 최민과 종종 연락하는데 최근 몇 년간은
타이밍이 잘 맞지 않았다. 최민의 첫 아이가 젖먹이였을
때를 마지막으로 그녀를 본 적이 없다. 그러는 동안 둘째도
태어났다. 아들이었다. 오래 보지 못하거나 한 번도 보지
못한 이들은 SNS 안에서만 존재했다.

미술대학 입시 잡지《아트앤디자인》을 다닐 때 최민의
모교인 K대학교로 취재를 간 적이 있다. 최민 생각이 나서
오랜만에 연락했다. 최민은 이사를 하는 중이라 정신이
없는 모양이었다. 많고 많은 날 중에 내가 연락한 날이 하필
그랬다.

그 후로 반년 정도가 더 흘러, 내 결혼 날짜가 결정되어

최민에게 연락했다. 최민은 무척 반가워했다. 청첩장을
구실로 우리는 만날 약속을 잡았다.

최민은 경기 북부에 살고 나는 경기 남부에 살았으므로
적당한 접선 장소를 찾기 힘들었다. 최민은 첫째가
어린이집에서 돌아오는 4시까지는 집에 돌아가야 했다.

우리가 만난 곳은 청량리였다. 서로 사는 곳의 중간 지점
몇 군데를 후보로 정한 끝에 고른 곳이었다. 나는 한 번도
청량리를 약속 장소로 삼은 적이 없었고 최민 또한 그렇다고
했지만 그곳에 저렴한 북유럽식 뷔페 식당이 있다는 것을
검색을 통해 알아냈다. 북유럽과 청량리 사이에는 가깝고도
먼 시간과 공간이 느껴졌다.

최민은 반주로 맥주를 시켰다. 그녀는 내게 오랜만에 말이
통하는 사람을 만나니 좋다고 했다.

"「개그콘서트」 같은 거 보다 보면, 남들 다 웃는 포인트
말고 나 혼자만의 이유로 웃음이 터질 때가 있거든. 그러면
우리 남편은 나보고 또라이래."

그녀는 남편과 무던히 싸우고, 그럼에도 자신과 그가
다름을 인정하는 어른이었다. 사내아이를 둘이나 키우기
때문에 웬만한 일에는 끄덕하지 않을 힘센 아줌마이지만
겉으로는 전혀 늙지 않은 점도 존경할 만했다.

그것은 최민이 결혼 생활에서만큼은 어른이었으나 다른

면에서는 아직 철딱서니 없는 아이임을 반증하는 것이었다. 우리 나이쯤 되면 사람의 품성이 외모에 드러나므로 자신의 외모에 책임을 져야 한다는데, 그 말은 최민과 나를 욕하려고 탄생한 말인 듯싶었다. 우리는 여전히 철딱서니가 없었고, 오래된 친구가 하는 말이라도 명품이나 고급 영어 유치원, 남편 돈 자랑하는 것들이 불편한 타입이었다. 반대로 그런 이야기를 하고 싶어 하는 사람이 있다는 것을 인정하지만 말이다.

최민은 아이들을 위해서 희생할 줄 아는 마음을 갖고 있었다. 그런데도 아이를 낳지 않겠다는 내 말에는 적극 찬성했다. 자기도 아이가 생기지 않았으면 아이 없이 살았을지 모른다고. 다시 아이가 생겨도 그녀는 아이를 낳겠지만, 어쨌든 아이 없는 생활도 진심으로 찬성하고 있었다. 아이 없는 생활을 찬성하면서도 아이들을 위해 희생하고 있는 그녀야말로 참된 어른 같았다.

그녀가 어른처럼 느껴진 또 다른 이유가 있다면 그녀가 옛날을 그리워한다는 점이었다. 그녀는 록이 성행하던 시절에 대한 향수가 있었다.

나로 말할 것 같으면, 여고생 시절에 메탈 그룹을 좋아했던 만큼, 지금은 힙합도 좋아한다. 최민은 힙합을 별로 좋아하지 않는다고 했다. 다소 여고생답지 못한 취미를 공유하던 시절이 지나고 최민은 힙합의 세계에 편입되지 못한 채 어른이 돼 버린 것이다. 그러니까 힙합과 최민은 서로의 시기를 놓쳐 버렸다.

최민이 힙합을 좋아하게 만들려면, 어쩌면 시간을 되돌려야 할지 모른다. 힙합이 언더그라운드의 비주류 장르였던 시절, 그리고 래퍼의 앨범과 믹스테이프 한 장 한 장이 귀하던 시절로. 이제는 길거리를 걷기만 해도 하루 종일 힙합 음악이 흘러나온다.

그러나 예상치 못한 백일장 우수상처럼, 시간은 우리를 의도치 않은 위치에 데려다 놓는다. 학창 시절 아이돌을 경멸하던 나는 아이돌 그룹 아이콘의 멤버 바비를 좋아한다.

최민은 바비가 누군지 모른다 했다. 「무한도전」 못생긴 친구 특집 이야기를 했더니 그건 봐서 안다고 말했다.

우리는 밥을 먹고 광장에 앉아서 이야기했다. 최민은 20분 후면 집으로 돌아가야 했다. 날이 따뜻했고 야외무대는 텅 비어 있었다. 비둘기들이 구구 소리를 내며 주위를 맴돌았다.

"옛날에는 저런 데서 인디밴드 공연도 많이 했는데."

최민이 야외무대를 보며 말했다.

"요즘도 버스킹은 많이 해."

"그렇구나."

내 말에 최민은 중얼거렸다. 최민이 좋아하던 시절은 갔지만 또 다른 시절이 빈자리를 메웠다. 두 시절이 콜라보를 할 수는 없을까. 내가 좋아하던 것들을 잃어버리지 않으며 새로운 것들과 만날 수 없을까. 나는 멀리, 청량리 역사에서 흘러나오는 나른한 랩을 들으며 생각했다.

헤어지고 나서 최민에게서 카톡이 왔다. 오늘 재미있었고 곧 다시 보자는 내용이었다. 최민은 끝에 바비 꿈꾸라고 덧붙였다.

고구마 팬이자 인디밴드 마니아였던, 지금은 두 사내아이의 엄마인 최민에게 그 말을 들으니 너무나도 달콤했다. 스윗한 바비 꿈을 꿔야 할 거 같았다.

10여 년 전의 나는 입담 소설을 쓰고 싶어 했다. 그때도 지금도 입담 소설의 정확한 정의는 알 수가 없으나 이렇게 이야기를 그저 늘어놓으면서 생각한다. 그냥 제멋대로 쓰고 싶었던 거구나. 글이 엉망이든, 인쇄되어 학교 교지 《푸른솔》에 실릴 정도이든, 그냥 멋대로 즐기며 쓰면서 재미있고 싶었던 거구나.

내가 세상 모든 억울한 죽음에 대해 쓰고 싶다고 막연히 생각하는 것처럼, 나 자신을 위한, 아니면 어느 한 사람만을 위한 글쓰기도 가능하겠지. 최민 보라고 쓰고 싶어지는 소설이 있는가 하면 고구마 읽으라고 쓰는 소설이 있는 것처럼. 민경이가 최민경이든 권민경이든 상관없는 것처럼.

　이 글은 사실 최민이 재미있으라고 쓴 글이지만, 막상 그녀는 재미없어 할지 모른다. 우리 사이에는 많은 시간이 흘렀고 그만큼 우리도 많은 변화를 겪었으니까. 하지만 나는 이 글을 쓰면서 제멋대로 하나의 느낌을 발견한다.
　자신의 이야기를 읽어 준 사람에게는 내 어린 시절, 어떤 한 시대를 함께한 것 같은 이상한 연대를 갖게 된다.
　이 글은 그저 최민 보라고, 최민 재밌으라고 시작했지만 말이다.

2부

너와 나의 말발굽

자기 전 안녕

만난 지 1년 된 커플일 때 효와 나의 굿나잇 인사는 다정한 목소리로 안녕, 하고 말하는 것이었다. '녕'의 끝을 길게 빼는 게 관건으로, '안녕~' 하며 물결이 생길 것 같은 인사였다.

다정한 인사와는 달리 2008년 여름의 우리는 무던히도 싸웠다. 나는 일을 하면서 학교에 다니느라 무척 지쳐 있었고 그 짜증을 효에게 부리다 보니 별것 아닌 일로 다투는 일이 잦았다. 그때의 상황이 지속되었다면 언젠가 헤어졌을 수도 있었겠다 싶다.

다행히 우리가 헤어지지 않았던 것은, 내가 병을 얻었기 때문이었다. 얻은 게 아니라 그때 발견했다는 게 맞겠지만.

나의 혹은 막 생겨난 작은 것이 아니라 아마도 오래전부터 자리 잡고 있었을 법한 큰 것이었다. 내 갑상선에는 나쁜 혹이 주렁주렁했는데, 혹이 처음은 아니었던지라 나는 큰 충격을 받진 않았다. 어차피 죽을 병은 아니었기도 했고.

마취 역시 처음이 아니었지만 수술대에 누워 있자니 기분이 묘했다. 순간 잠들었다가 깨어나니 수술은 끝나 있었다. 병실로 옮겨지면서 나는 몹시 울었던 모양이다. 잘 기억은 안 난다. 간호사 선생님이 그랬다고 했으니까 그랬겠지.

그날 그렇게 다른 사람에게 전해 들은 장면이 하나 더 있는데, 내가 마취되어 잠들기 전에 의사 선생님께 인사를 건넨 일이다. 마취 후 까무룩 잠들기 전, 나는 선생님에게 예의 그 굿나잇 인사를 했다고 한다.

안녕~ 하고 끝을 길게 빼며 다정하게.

선생님은 내 인사를 듣고 눈물이 나올 뻔했다 하셨다. 나중에 그 말을 듣고 나도 좀 시큰해졌다.

우리 선생님은 환자를 보고 울 분 같지 않았으니까. 수술이 한두 번도 아니고 환자도 많이 보신 분이니까. 그런 분이 눈물이라니, 나는 내 처지보다 의사 선생님의 감정에 이입해서 시큰해졌던 거다.

마취하면 욕을 하고 패악을 부리는 사람도 있다고 하니, 선생님은 나를 곱게 보신 것 같다. 그래서 수술도 수술이지만 내 상처를 꿰매는 데에도 무척 신경을 쓰셨다. 그야말로 한 땀 한 땀 장인의 솜씨로 꿰매신 모양이다.

상처는 아주 잘 꿰매졌다. 쇄골 사이를 교묘하게 찢고 닫은 상처라 눈에 잘 띄지 않았다. 아무도 내 살을 찢은 자국을 알아차리지 못했다. 나와 같은 수술을 한 사람들은 따로 상처를 성형하거나 스카프를 매고 다니는 사람도 많다고 하니 잘된 일이었다.

그리고 그건 우리가 나누던 습관적인 인사 덕분일지 모른다.

안녕~ 하고 자기 전 인사를 다정하게 나눈 덕에 이렇게 좋은 일도 있었다. 그런 크고 작은 사건 사고들을 넘어서 우린 13년째 자기 전에 인사를 나눈다. 안녕~ 하고.

너와 나의 말발굽
효와 걷는 동안 1

언젠가 효는 꿈에서 '너와 나의 말발굽'이라는 문장을
봤다고 한다. 그건 걷기를 즐겨 하는 우리에게 정말 어울리는
말이다.

2013년 여름은 무척이나 더웠다. 나는 여름 내내 외출을
삼갔다. 8월 넷째 주가 되어서야 드디어 밖으로 나갈 궁리를
했는데 효가 이틀 연속 쉬는 날이 있었기 때문이었다. 그런
기회를 그냥 보내고 싶지 않았다. 그런데 하필 우리가 만난
날이 그 뜨거웠던 여름 중에서도 가장 더운 날이었다. 설마
8월을 꽉 채워 더울 줄이야.

겨우 점심을 먹었을 뿐인데 우린 지쳐 버렸다.
원목적지였던 서대문 자연사 박물관도 재미가 없었다.

박물관 구경은 한 시간여 만에 끝나 버렸다. 6시까지 관람이
가능했지만 우리는 그냥 공룡 뼈다구 밑에 앉아 시간을
보냈다. 5시가 되자 사람이 안에 있는데도 박물관 정문이
폐쇄됐다. 화석들과 갇혀 있으니 같이 전시된 기분이었다.

　짧은 관람이었지만 인상적인 것들.
　처음 삼엽충 화석 몇 개를 발견했을 때 나는 삼엽충이
귀하지 않고 싸기 때문에 박물관에 많을 거라고 말했다. 정말
많았다. 아주 많았다. 그 후로도 삼엽충 놈들과 몇 번이나
마주쳤는지 모른다.
　그리고 박제된 동물들도 많았다. 박제하는 사람의
솜씨에 따라 동물은 진짜 살아 있는 것 같기도 했고, 반대로
우스꽝스러워 보이기도 했다. 눈이 몰려 있는 맹수라니.
박제계에도 야매가 있는 모양이었다.
　하지만 놀림감 삼기에는 그곳에 전시되어 있는 동물들이
불쌍하기도 했다. 죽어서도 사람들 손에 잡혀 있는
꼴이었으니까.
　나는 순간 동물에게 이입이 돼서 효에게 말했다.
　"있잖아. 외계인이 쳐들어와서 나 박제시키면 어떻게 할
거야?"
　"외계인이 왜 쳐들어와서 박제를 시켜."

"이 동물들처럼 전시 목적으로다. 외계인 유흥거리로."

"외계인이?"

"아무튼, 외계인이 날 박제시켜서 이런 데다가 전시했는데 효가 외계인 애완동물로 여기 와서, 박제돼 날 보면 어떻게 할 거야?"

"어떻게 하긴. 울겠지."

나는 개처럼 목에 목줄을 매고서 외계인 주인의 손에 이끌려 박물관에 온 효를 상상했다. 네 발로 기어서 주인을 쫓아다니던 효는 유리벽 너머에 발가벗은 채 박제되어 있는 나를 발견했다. 그러고는 엉엉 우는 거였다.

너무 슬퍼져서 그 생각은 거기까지 했다. 그래도 상상 속의 효는 외계인 주인에게 예쁨받는 것 같아서 다행이었다.

다른 건 모르겠지만 외계인이 내 눈만은 제대로 잘 박아 주었으면 좋겠다고 생각했다.

언덕을 구르는 아이들

효와 걷는 동안 2

우리는 6시 10분 전에 서대문자연사박물관에서 나왔다.
아직 8월인데 일교차가 심해서 해가 지면 서늘한 터였다.
처음에는 걸어갈 생각은 아니었는데 밖이 그렇게 덥지
않으니 또 걷고 싶은 마음이 생겼다. 처음 두세 정거장만
걷기로 했던 게, 결국 끝까지 걷는 것으로 바뀌었다. 아직
완전히 어두워지기 전이었으므로 우리는 그늘만 밟았다.

목적지는 한강이었다. 우리는 어디서 시작하든 곧잘
한강을 향해 걸었다. 잠실 야구장에서 야구를 보든, 목동
야구장에서 보든, 아무튼 서울 어느 곳, 혹은 우리들 동네인
고양시에서든 아무 할 일이 없을 때면 한강으로 걸어가곤
했다.

내가 선택한 길은 홍제천을 따라 걷는 것이었다. 연희동

사러가쇼핑몰을 기준으로, 궁동공원을 넘어 홍제천으로
가는 길이 찾기 쉽고 가까워 보였다.

효는 물 먹는 하마 같아서 음료수를 엄청 마셔 댔다.
우리는 튬튬이 슈퍼에 들렀다.

서대문자연사박물관 앞 슈퍼에서 음료를 산 우리는
사러가쇼핑몰에서 또 한 번 음료를 사서 궁동공원을 향해
갔다. 사러가를 지나면서부터는 처음 가는 길이었다. 조밀한
단독 주택가를 가로지르자 오르막이 시작되었다. 오르막은
점점 가팔라졌다. 해가 저물고 있었지만 우리는 헥헥댔다.
늦은 볕이 참 끈질겼다. 나는 뒤늦게 후회했다.

지도상에서 이렇게 녹지가 펼쳐진 곳을 지나가는
게 아니었어. 이런 길은 대개 산인데. 왜 네이버 지도에
등고선은 없는 거야?

우리를 앞질러 마을버스 한 대가 지나갔다. 경사진
길을 지나는 버스 안의 사람들이 반쯤 기울어진 채 우리를
쳐다보았다. 나는 버스를 타야 하나 잠시 고민했지만 걸어온
길이 아까워 마저 걸었다.

공원에 도착한 우리는 마을버스 정류장에 앉아 숨을
골랐다. 멀리 연희동 시내는 물론 우리가 처음 걷기 시작했던
서대문자연사박물관 근처 아파트도 보였다.

"이 동네 사는 사람들은 절대 걸어 다니지 않을 거야."

"그러게."

우리는 서로의 형편없는 체력에 대해서는 말을 아낀 채 오래도록 앉아 있었다.

자리에서 일어난 것은 효가 목이 마르다고 해서였다. 효는 사러가에서 산 음료수도 다 마셔 버렸다. 공원 앞, 길의 끝에 허름한 비디오 가게와 슈퍼 간판이 보였지만 폐업한 건지 가게 안은 어둡고 조용했다. 슈퍼를 찾기 위해서는 산을 넘어가는 수밖에 없었다. 그래도 내리막이니 좀 편하겠지 싶었다.

공원 반대편으로 내려가는데 남자아이 세 명이 보였다. 아이들은 우리가 내려가려는 길 앞에 서서 가위바위보를 했다. 한 아이가 졌고, 진 아이는 그 자리에 길게 누웠다. 우리는 아이들을 지켜보았다. 대체 무슨 내기를 한 걸까?

길바닥에 누운 아이는 내리막길을 가로로 굴러 내려갔다. 우리는 웃고 말았다.

"언덕에 사는 아이들은 노는 법도 다르네."

"그러게."

얼마간 가파른 길을 굴러 내려가던 아이가 일어나자 남자애들은 다시 가위바위보를 했다. 아까 굴러 내려갔던 아이가 또 졌다.

"아, 한 번만 봐줘라. 응?"

"그래. 한 번 봐주자."

가위바위보를 진 아이가 사정을 하자 한 명이 너그럽게
받아들였다.

효가 말했다.

"그래도 애들이 착하네. 저런 거 원래 잘 안 봐주는데."

놀이로 언덕을 구르는 아이들이니 그 정도 호연지기는
있을 터였다.

우리는 신발 앞 쪽으로 발가락이 쏠리는 걸 느끼며 언덕을
종종 내려왔다. 멀리, 홍제천 위를 지나는 고가도로가
보였다.

걷기의 시작

효와 걷는 동안 3

가을, 그리고 수요일에 고백하면 이루어질 확률이 높다는 기사를 보았다. 내가 효에게 사귀자고 말한 날을 꼽아 보니 10월의 수요일이었다. 서울예대 빨간 다리 밑에서였다.

우리가 커플이 되고 처음 한 일은 걷는 일이었다. 학교 앞에는 안산천이 흘렀고 그 주변으로는 산책로가 조성되어 있었다. 우리는 손을 잡고 그 길을 왔다 갔다 했다.

"효. 우리가 사귀고 처음 한 일이 뭔지 기억나?"

6년을 사귀면서 이 질문을 두 번 했다. 불현듯 생각이 나서. 그러면 효는 항상 틀림없이 대답해 주었다.

"안산천을 걸었지."

그런데 사실 그 전에도 둘이 한 번 걸은 적이 있었다. 걸었다기보다 탔다, 산을.

당시 나는 두 사람을 지켜보고 있었다. 한 사람은 다정하고 표현을 잘했지만 나와 똑같이 어디 두고 보자 하는 마음으로 나를 재고 있었고 한 사람은 전혀 표현을 하지 못하는 쑥맥이었다. 그 내색도 못하는 쑥맥, 효기 날 좋아한다고 확신한 것은 여러 징후 때문이었다. 이 징후에 대해서는 훗날 '효와 민의 징후에 대한 보고서'에서 다시 다루도록 하겠다.(뻥)

아무튼 효의 마음을 눈치챈 나는 그에게 대뜸 등산 신청을 했다. 효가 공강 시간 때 종종 학교 뒷산에 오른다는 이야기를 들은 적이 있어서였다. 효는 좀 당황한 듯했지만 우리는 그날 함께 산을 탔다.

그 산은 뒷산 치곤 꽤 험했다. 꼭대기에 이르자 안산 시내가 내려다 보였다.

바람이 부는 정자에서 내가 효에게 던진 말, 우리가 쓴 단어가 정확히 기억이 나지는 않는다. 다만 실망했던 기억만이 남아 있다. 마음을 떠보는 나의 질문에 효가 너무 솔직히 대답했던 것이다. 나 같은 놈이 누굴 사귀겠어, 식의 말들이었다. 많은 대화 속에서, 효는 자신을 전혀 꾸미거나 치장하려 하지 않았다. 누군가를 좋아하면 잘 보이고 싶고, 그렇다면 어느 정도 숨기거나 가려서 자신을 드러낼 텐데 그렇지 않았던 거다. 효에게는 나랑 잘 해 보겠다는 의지가 없어 보였다. 나는 속으로 이 놈은 안 되겠다, 하고 생각했다.

물론 며칠 지나지 않아 생각을 바꾸긴 했다. 효는
냉소적이고 지나치게 솔직하긴 해도, 그게 효니까. 나는 노래
가사를 내 얘기라고 생각하는 낭만적인 사람은 아니지만,
이런 내용이라면 내가 효를 택한 이유에 대입해 볼 수
있겠다.

멋지거나 아름다운 건 가질 수 있겠지만 정말 솔직한 건
아무나 다 가질 수 없는 거야.

— 신화, 「Honesty」에서

그날도 오늘도, 우리는 걸었다. 그때는 안산천 주위를,
오늘은 합정역에서 월드컵경기장역까지. 우리의 역사에서
가장 오래되고 또 가장 즐거운 일은 걷는 일이다.

내일은 또 어디를 걷게 될지 모른다. 어떤 골목에서
새로운 밥집을 발견하고, 충동적으로 들어가고, 혹은 '선택이
망할까 무섭지?' 하는 생각으로 망설이기도 할 것이다.

또 모르는 개와 고양이를 몇 마리나 마주칠 것이다. 손을
핥거나 짖어 대고, 눈을 마주 깜빡여 주거나 경계하는 그
동물들을 마주하는 일은 언제나 즐거웠고 즐거울 것이다.

6년 전 가을, 그 언젠가의 수요일.

　이놈은 안 될 거야. 기다려 봤자 죽을 때까지 고백할 놈이
아니야.

　그런 결론을 내린 나는 먼저 말을 꺼냈고, 결과적으로
우리는 지금 함께 걷고 있다.

　이상, 2013년에 썼으며 2016년 3월 6일 결혼식에서
권민경이 낭독한 글.

You be good. See you tomorrow. I love you.[1]

오늘도 혼자 대형마트에 갔습니다 빈 새장 하나를 샀습
니다

I.

진열장마다 가득한
세상의 모든 입술
어제 본 것들과 불쑥 돌출된 것들
많을수록 좋습니다 내일이 만개합니다

[1] 앵무새 알렉스가 죽기 전에 한 마지막 말. 알렉스는 현재까지 연구된 앵무새 중
지능이 가장 뛰어났다고 알려져 있다.

차곡차곡 장식된 나의 새장들이

천장 높이 퍼덕이고

언젠가 진짜

한 쌍의 노란 새 가지겠지만

나는 다시 만날 약속을 해 봅니다

내일 보자 그렇게

말하는 중입니다

2.

어떤 유머도 아름다운 노래를 이길 순 없겠지요

그래도 새장의 창살은

건치(健齒) 같아 좋습니다 고르고 건강한 날들

호두가 사탕인 줄 알고 빨아 대던

어린 시절이 있었습니다

알맹이 사르르 녹아들 순간을 기다리다

나는 어른의 목청을 가졌습니다

목울대처럼 불거진 껍데기

초조한 저녁 산처럼 울컥

호두를 통째로 삼켜 버렸더랬지요

그때부터 나는 켁켁

기침을 멈출 줄 모르고

나의 인사는 선병질적입니다

그래요 당신 내일 또

또

보겠지요

내일을 향해 잠들면 꿈속은 뼈처럼 치밀합니다 나의 시선
은 크고 아름다운 줄기

끝에 닿는 것들이 모두 말캉합니다 미래는 부드러워

세상의 모든 혀들이 일제히

화들짝 뿜어집니다 축구장의 두루마리 휴지처럼

목청을 뚫고 나오는 호두나무 나의 밤을 채웁니다

깨금발을 한 듯 밤은 한 키 더 솟습니다 가지마다 주렁주
렁 새장이 열리고 고른 창살의 음계로 바람이 스칩니다 먼 약
속을 짊어지는 호두나무

3.

내일도 안녕한 당신

내가 피워 낸 발화를 만지며

당신은 점점 더 좋아지고 있습니다

이상, 2016년 3월 6일 결혼식에서 이효영이 낭독한 시.[2]

---

2 이효영, 『당신은 점점 더 좋아지고 있습니다』(2022, 파란).

우리가 아니라 시간이 빠른 거야

효와 쓰는 동안 I

6월 2일부터 시작된 효의 휴가가 18일째 되는 날이었다.

스포츠 잡지사에서 6II일 동안 기자로 근무한 효는 그즈음 직장을 관둘 타이밍을 보고 있었다. 병신년은 브라질 올림픽으로 더 없이 바쁠 때였기에, 일단 올림픽이 끝난 뒤 9월쯤 사직할 생각이었다. 그 와중에 똥꼬에 탈이 나 버린 것이다.

밤새 잠도 못자고 끙끙 앓던 어느 날, 효는 내가 가라고 가라고 종용하던 항문외과에 스스로 찾아갔다. 거기서 똥꼬에 넣는, 좌약도 아닌 커다란 후시딘 같은 연고를 타 온 효는 그날 바로 일을 관둘 생각을 했다. 9월의 올림픽을 걱정하기에는 자신의 똥꼬가 더 가까이에 있었다.

과도한 출장, 오래 앉아 있는 습관이 똥꼬에 탈을

가져왔으니 일을 관둘 좋은 핑계였다. 꼭 그 때문에 관두는 것은 아니지만 일종의 도화선이 된 것이다.

잡지사 측에서는 효를 붙잡기 위해 여러 가지를 고심했다. 효를 《월간탁구》에 소개시켜 준 언니(잡지사 대표의 사모님)가 나에게 전화를 걸어 그 대표가 효의 처우를 고민하느라 우울증에 빠질 지경이라고 말했다. 효가 회사에서 없어서는 안 될 존재가 되었다는 건 알고 있었으나 그 정도인 줄은 나도, 효 자신도 몰랐다.

효는 어딜 가도 사랑받는 존재이기는 했다. 뭐랄까, 양말을 깨끗이 빨아 신는 예비역 같달까. 보통 예비역의 치명적인 약점은 자신이 속하지 못하는 무리, 즉 새내기나 현역 재학생들과 친해지려고 안달한다는 점이었는데 효는 예비역의 속성에서 안달함 대신 무관심과 거리 두기를 집어넣은 듯한 사람이었다. 예비역 특유의 주변인 같은 속성을 지니고 있으면서도 가볍고 아무도 해치지 않을 초식 동물의 파워를 품고 있는 것이 효였다. 그는 점심을 혼자 먹거나 남이 자신을 피하고, 더 나아가 욕을 해도 별 상관하지 않을 사람이었다. 물론 아무도 효를 욕하지 않았다. 오히려 그와 친하게 지내지 않던 사람도 훗날 효에 대해 평할 때 '아 그 사람 참 좋은 사람이었지, 좋은 형이었지.'라는 회고를 했다.

　나로서는 신기한 일이 아닐 수 없었다. 말하자면 그는 고인이 아님에도 무조건 좋은 기억으로 추억 보정을 당하는 신비한 능력의 소유자였다.

　효가 단지 좋은 사람이라는 이유로 《월간탁구》에서 그를 붙잡은 것은 아니었다. 고시원과 독서실 총무를 전전하며 최소한의 생계비와 돈을 쓸 수 있는 시간을 확보하던 그였기에 《월간탁구》는 34년 만에 효가 처음 취직한 직장이었다.

　그럼에도 그는 일을 잘했다. 정직원으로 일을 잘하려면 많은 사회 경험도 중요하지만 눈치와 성실함 따위가 더 중요하다는 것을 반증하는 인물이기도 했다. 효는 토익 점수도 출신 대학도 그저 그랬다. 자기소개서의 준말인 '자소서' 대신 '자소설'이라는 자조 섞인 말이 유행하던 시기였다. 입사 시험을 대비한 스터디 그룹이 따로 만들어지기도 했다. 그만큼 입사를 위해 자신을 꾸며 내는 게 일상이었다. 기업에서도 서류와 면접으로는 제대로 된 인재를 가려 낼 길이 없어서 고심하는 판이었다. 그리하여 면접 시험장에 관상가를 대동하기도 한다던데, 스펙이 형편없고 입에 발린 말도 못하는 효 같은 사람이 일을 잘하는 것 보면, 관상가 대동이 나쁜 선택만은 아닌 것 같다.

관상으로 효를 합격시킨 건 아니겠지만, 잡지사의 대표는 효에게 2개월의 휴가를 줬다. 요령 없이 성실한 효가 일을 너무 열심히 해서 스스로 나가떨어진 거라 판단했던 것이다. 그러나 효는 내게 말했다.

"그것도 참 웃기잖아. 2개월 쉰다고 해결될 문제면 애초에 관둔다고 하겠어? 내가 그렇게 단순해 보이나?"

어쨌든 효는 6월 2일부터 휴가를 얻었다. 그리고 우리는 그동안 미뤄 놨던 글쓰기에 돌입했다.

그때 나는 이미 다니던 회사에서 퇴사하고 집에 머물던 중이었다. 1년 1개월 동안 다니던 《아트앤디자인》이라는 미술대학 입시 잡지였다. 《아트앤디자인》에 입사하기 전, 나는 시집을 내고 싶었다. 더 정확히 말하면, 시집을 내야만 하는 사람이 되어 있었다.

내게는 내 좋지 않은 성격에도 불구하고 나를 마냥 좋게 보아 주던 선배들이 몇 있었다. 그때 나는 물론 내가 스스로 원하기도 했겠지만 주의의 성원으로 인해 떠밀려 가듯 시집을 내야 한다는 사실에 몰두해 있었다. 책 낼 생각만 하다 보니 별로 재미가 없었다. 만나는 사람마다 시집 언제 나오냐 물어보는 것도 지겨웠고 누가 어디에서 계약을

했느니 하는 소리를 듣는 것도 지겨웠다. 문단(이 실체가
있다면)이나 글쓰기 자체에도 회의가 들었다. 내가 시집
내려고 시인 됐나, 조금이나마 재미있게 살려고 시인 됐지,
하는 반항적인 상태였다.

그래서 직장을 다니는 기간 동안에는 작가들과 거의
만나지 않았다. 만나고 싶어도 만날 수가 없기도 했다.
주말에도 평일에도 일, 야근의 연속이었다. 나보다 나이가
어렸던 《아트앤디자인》의 편집장은 너무도 성실했고 우리
편집 팀은 다소 요령이 없이 착한 사람들이었으므로 나 역시
함께 인생 최대의 성실한 시기를 맞이해야 했다. 그래도
마음만은 매우 편했다. 그곳에는 문인도 없었고 누가 시집을
내는지 신경 쓰이지도 않았고 그 따위와 관련된 이야기를 안
해도 되었다. 거리를 두고 있자니 문단에 가졌던 회의감도
조금은 줄어들었다. 어쨌든 글은 써야 하고 인간은 사회적
동물이니 일련의 작가 무리를 무시할 수만은 없었다. 그리고
지겨운 문단이지만 좋은 사람들도 있었으니까. 그렇게 직장
생활을 하는 동안 고잉 마이웨이를 하겠다는 결심이 생겼다.
내가 이 세상의 중심인데 누가 뭐라던 상관할 바냐라는
생각을 하자 마음이 편해졌다.

나는 내가 입사 전에도 똑같이 생각하고 있는 줄
알았는데 지나고 보니 어리석게도 눈앞에 놓여 있는 과제에

급급했었다는 것을 깨달았다. 박봉에 개인 생활도 없는 직장 생활이었으나 나이도 많고 성질도 더러운 부하 직원에게 친절히 대해 준 편집부 사람들 덕에 1년 넘는 시간을 무사히 날 수 있었다. 마음의 혹한기를 무사히 지난 기분이랄까. 그 기간에 결혼 준비도 했다. 결혼할 생각을 한 건 내가 뱉은 말은 지키기 위해서였다.

효와는 9년 사귀었다. 너희 결혼은 언제 할 거냐는 말은 대략 연애 3년째 되던 해부터 들었다. 나에게 언제 시집을 내느냐는 말과 언제 시집가느냐는 말은 별개로 들리지 않았다. 다정한 안부, 혹은 별 생각 없이 던진 말이 여러 개 모이면 쉣스러운 것이 되곤 한다. 친척들의 명절 잔소리 같은 것이었다. 귀찮은 마음이 든 나는 답변할 때마다 병신년을 지목했다.

아직 2016년이 먼 훗날의 이야기라고 여겼기 때문이었는데, 오, 병신년은 생각보다 빨리 왔다.

막상 그 해가 되어 우리가 결혼한다고 하니, 사람들은 어떻게 9년이나 사귀냐고 혀를 내둘렀다. 효는 말했다.

"우리가 9년이나 사귄 게 아니라, 9년이라는 시간이 너무 빨리 간 거예요."

9년째에도 우린 겨우 3년쯤 만났나 싶었다. 체감상으로는 그랬다.

그리하여 3월, 결혼과 맞물려 퇴직한 나는 놀고 있었고 효는 6월에 2개월 휴가를 얻으니, 부부가 모두 백수였다. 그즈음 퇴직금이며 축의금으로 받은 돈이 다 떨어지고 있었으나, 나는 대신 다른 것을 얻었다. 그분이 온 것이다.

입시 관련 잡지 출판사에서 가장 바쁜 시기는 2월, 우리 결혼식은 3월이었다. 나는 매일 야근을 하는 와중 동시에 결혼 준비를 해야 했다. 결혼 5일 전에 퇴사하고 결혼식과 신혼여행까지 무사히 마쳤다. 그러고 나니 번아웃 증후군의 일종인지 허무했다. 내게는 더 이상 과도한 야근도 없었고 짜증 날 정도로 혼자 맡아 하던 결혼 준비도 없었다. 여름호 시 청탁도 아직이었다.

우울쌉싸름이야……

우울이라면 어릴 때부터 익숙해 평소 내색하지 않는 나도 '좀 우울하다.'라고 조심스럽게 말할 정도였다. 정말 하얗게 불태웠다는 심정이었다.

그렇게 3월 중순부터 근 한 달 와식 생활을 했다. 누워 있지 않은 시간은 하루에 다섯 시간 정도였다. 효는 밤 12시에서 1시 사이에 잠들었는데 나는 효가 출근할 때까지 잠들지 못하고 자리에 누워서 혼자 핸드폰을 갖고 놀았다.

나는 늘 오빠는 하늘에서 내려 준다[3]고 말해 왔다. 그때 마침 내려온 오빠들이 있어서, 오빠들과의 시간으로 우울한 시간의 대부분을 때웠다. 아침 9시나 10시, 늦을 때는 12시쯤 잠이 들고 하던 나는 효가 퇴근하기 직전인 저녁 6시 무렵까지 잠을 잤다. 그리고 효가 집에 돌아오면 그동안 마냥 누워 있지는 않았던 것처럼 행동했다. 그런 생활이 한 달쯤 이어지자 안 되겠다 싶었다. 슬슬 볕을 보러 나가는 시간을 늘려 보고자 효의 퇴근 시간에 맞춰 마중 나가기도 했다. 우리 집은 1층이었지만 해가 거의 들지 않았으므로, 볕을 보지 못해 더 우울해진다는 생각이 들어서였다.

밖으로 나가는 날이 늘어나자 기분이 좀 나아졌는데, 나아지다 못해 급격히 반등했다. '미친년 널 뛰듯'이라는 표현을 실감했다. 독서를 하고 싶다는 생각이 오랜만에 강렬하게 들었다. 지난 1년여 동안 한 권의 책도 제대로 읽지 못했는데, 그 반작용인지 나는 정말 걸신 들린 듯 책을 읽어

3 여기서 오빠는 나이 많은 남자 혈육이나 나이 많은 남자 지인을 말하는 것이 아니다. 오빠는 자신이 몰두할 수 있는 존재를 말한다. 혹자에게는 슈퍼스타인 지저스크라이스트가 될 수도 있고, 누군가에게는 문학이나 SNS를 열심히 하는 문단의 스타일 수도 있다. 남편이나 아이의 사진을 카카오스토리에 올리는 친구에게는 가족이 오빠인 것이다. 나에게 있어서 오빠는 주로 아이돌이다. 아이돌 스타는 그 어떤 오빠에 뒤지지 않는다. 특히 여가의 무료함과 외로움을 채워 준다는 의미에서. 그러나 내가 외로우니 의식적으로 오빠를 좋아하겠다 마음먹는 것으로는 충분하지 않다. 그만큼 오빠에 대한 열정을 불태우려면 하늘의 계시가 필요하다.

댔다. 일주일 만에 열다섯 권 가량의 책을 읽었다. 그 후에는 쓰고 싶다는 욕구가 밀려왔다. 그래서 썼다.

처음에는 시를 몇 편 썼다. 그러나 쓰는 것마다 말이 너무 많고 횡설수설했기에 어떻게 할 도리가 없어서(그냥 두려니 지리멸렬, 중언부언인 것 같고, 부분적으로 쳐내려니 왠지 첫맛이 안 사는 것 같아서⋯⋯.) 한쪽으로 미뤄 두었다. 대신 소설을 쓰기 시작했다.

부부 백수는 집에서 글을 썼다. 6월 20일에 마감인 공모전이 있었는데, 그때 우리의 상태는 이미 공모전이 중요한 것은 아니었으나, 공모전을 하나의 동기 삼아 마감 때까지 소설을 쓰자 마음먹었다. 예전 같았으면 마감이 20일 정도밖에 남지 않았으니 단편소설을 두 편이나 완성할 수 없을 거라 생각했겠지만, 그땐 어쩐지 자신만만해서 쓸 수 있을 것으로 여겼다. 농익어서 절로 터져 나오는 여드름 같은 글의 홍수를 막을 수 없었기 때문이다.

효가 썼던 글을 고치고 다듬는 작업에 주로 시간을 투자했다면 나는 다 새로 썼다. 농익은 여드름 짜내기에 바빠서 이미 여드름의 외형을 지나 점으로 화해 버린 옛 소설들은 거들떠볼 수 없었다.

볕이 들지 않는 우리의 단칸방에서 우리는 각자의 핑크색

노트북을 켜 놓고 마구 글을 썼다.

효는 집에서 글이 잘 써진다고 했고 나는 카페에서 잘 써졌다. 그러나 나중에는 효도 나도 카페서든 집에서든 썼다, 글을.

우두두두 두두두 글들이 군인처럼 마구잡이로 밀고 들어왔고 낱말들이 총알처럼 쏟아졌다. 나는 손가락이 길어서 바이올린이나 피아노 연주에 적합하다는 소리를 듣곤 했는데, 내 손가락은 사실 키보드를 두들기기 위해서 긴 것이었다. 우드드드 랄랄라, 우르르르 랄랄라. 평소에도 나는 3개월에서 6개월 주기로 그분이 오신다는 걸 알고 있었고 그때 갑작스레 글이 잘 써진다는 것은 인지하고 있었으나, 그때는 달랐다. 주위 환경과 개인 신변 변화에서 비롯된 극단적인 기분과 몸 상태의 변화로 인해 그동안 내가 예술가에게 영감이 오는 시기가 있는 거라 생각하던 것의 정체를 처음으로 깨달았다. 그동안에는 내게 그런 증세가 있는지 미처 몰랐으나 (몰랐던 게 더 이상할 정도지만) 나는 조울증이었다. 우울증인 줄 알았던 것이 사실 조울이었던 것이다.

내가 조울병이 아닐까 의심하면서부터 조울병의 여러 가지 병리학적 내용에 대해 찾아보았다. 그리고 약간 실망했다. 내가 신비스럽게 여기던 정신 상태가 아우라를 상실해 버린 것이다. 예컨대, 고등학교 때 나는 한 가지 발견을 했다. 나는 생각을 연속적으로, 끊임없이 할 수 있는데 남들은 그렇지 않다는 걸 알게 된 것이다. 내가 발견한 나의 사고 체계는 쉽게 말해 마인드맵 비슷한 것이었다. 남들은 의식적으로 해야 하는 마인드맵 행위가 나의 경우에는 아무런 걸림도, 어려움도 없이 마구 뻗어 나가서 결국 아주 먼 곳까지 닿을 수 있었다. 나는 그것을 '생각의 연산'이라고 이름 붙였다.

내가 생각을 연산하는 인간이라는 것을 혼자 알고 있었다면 좋았겠지만, 나는 내가 이런 인간이라는 걸 밝히고 싶어서 근질거리는 상태였기에 그걸 엄마에게 말했다. 평소의 내 행동도 그러하지만 '생각의 연산'이라는 건 더더욱 이해받을 수 없는 종류의 개념이었다. 어느 날 가게 일을 끝내고 집에 오자마자 딸이 와서 내 정신은 마구 멀리까지 갈 수가 있고, 하며 설명하는데, 그와 같은 정신을 향유하는 사람이 아니라면 얼마나 어리둥절하겠는가. 엄마의 입장은 충분히 이해할 만하지만, 반대로 이해받지 못한 나는 매우 좌절하고 말았다.

이렇게 개인적으로는 유구한 역사를 지닌 '생각의 연산'이라는 두뇌 활동이, 조증 환자의 증상 중 하나이며,

그 증상을 '생각의 비약'이라고 부른다는 걸 35년 만에 처음
알게 된 것이다. 한마디로 김샜다.

　소설을 쓰고 대학에 입학한 내가, 시인이 되어야겠다고
생각한 것은 (한없이 멋진 여성인 김 교수님의 영향도 컸지만)
이 '생각의 연산' 기능을 이미지 점프 기술로 이용할 수
있겠다 싶어서였다. 아무래도 시 쪽이 이미지와 이미지 간을
점프하는 것이 좀 더 자유로웠으니까.
　이 연산 작용이 천재적인 것이라거나 병적인 것이라고는
생각하지 않았다. 다만 내가 발견한 줄 알았던 '생각의
연산'이 사실 누군가 진작 발견한 적 있는 '생각의
비약'이었다는 사실이 실망스러웠던 것이다. 역시 사람은
배워야 한다.
　그뿐 아니라 내가 그분이 왔다고 표현했던, 이상하게 글이
쏟아져 나오는 시기, 그것은 '하이퍼그라피아'라는 용어로
비공식적으로 정의 내려지고 있었다. 나는 신 혹은 미신을
맹신하지 않지만, 그래도 어딘가 알 수 없는 작용이 자연과
인간 사이에 존재한다고는 생각하기에, 시가 잘 써지는
시기도 그분이 오는 시기라고, 신비롭지만 자연스러운
현상으로 생각해 왔던 터인데, 그게 그냥 조울증의 한
증세였다니, 정말 김이 새지 않을 수가 없었던 것.

실망은 했으나 나는 이미 발동이 걸려서 두드드드 다다다다하고 있었고 옆에서 효도 덩달아 두드드드 다다다다 하고 있다. 그런 우리 둘 사이에는 뭔가 이상한 열정 같은 것이 샘솟았다. 마치 한국 3대 기타리스트 중에 김태원과 김도균[4]이 한 장소에서 서로 의식하지 않고 기타를 치다 정신을 차리고 보니 어느 순간 서로 조화를 이루어 연주를 하고 있었으며 자신도 모르게 테크닉을 뽐내며 속주하게 될 때와 같았다. 그리고 분명 각자 연주하고 있으나 그것이 묘한 멜로디와 어우러짐을 이루고 있는 것도 같았다. 나는 가끔 효를 돌아보고 효의 두두다다를 감상하며 알 수 없는 라이벌 의식이 불타올랐다. 그리하여 나는 쓰고 싶은 것이 생기면 이런 걸 쓰고야 말겠다는 의지를 효한테 표출했는데 효는 거 좋겠네, 라는 식으로 어쩐지 띠껍게 말하는 것이었다.

선의의 라이벌이며 룸메이트였던 우리는 김태원 대 김도균, 기말고사 전교 1등이자 중간고사 전교 2등 대 기말고사 전교 2등이자 중간고사 전교 1등의 관계처럼 6월의

---

4 내가 여기서 신대철 씨를 뺀 까닭은 다음과 같다. 김태원 씨의 특이함이나 독단적인 성격은 나와 닮았고 어딘지 수더분하고 사람 좋아 보이는 김도균 씨는 효와 대응될 수 있기 때문이다. 신대철 씨의 경우는 까칠하면서도 우수에 어린 미중년인데, 결정적이게도 우리 두 사람 모두 우수와 미(美)가 부족했다.

초반을 불 싸질렀다. 아직 여름이 채 여물지 않아 일교차가
크던 시기였지만, 밤늦게까지 우리의 방은 뜨거웠다.(라는
상투적인 표현을 쓰게 될 줄은 몰랐지만.) 그리하여 우리는
에어컨을 켰다 껐다 하면서 글 쓺의 나날을 즐겼다.

　아우라가 상실되었다고 해도 참 신비로운 나날이었다.
나는 소설 쓰기를 좋아해서 학교에 들어갔지만
입학하자마자 소설에 대한 흥미를 잃었다. 어떻게 하면 읽을
사람이 없는데도 소설 쓰는 게 재미있을 수가 있지?라는
생각 때문이었다.
　나는 팬픽 이외에는 어떤 열정에 불타면서 소설을 써
본 경험이 없었다. 2011년 후반에 찾아온 오빠를 위해서는
5일 만에 원고지 1200매 분량의 장편을 써 냈는데, 물론
그것도 뒤돌아보면 하이퍼그라피아 짓이었던 것 같지만,
어쨌든 그때 썼던 글은 익명 사이트에서 누군가가 읽어 주고
존잘님[5]이라 부르며 댓글 달아 피드백을 해 주던 글이었던
것. 그런데 순문학의 글이란 어딘가에 발표되기 전에는
아무도 봐 주는 사람이 없으며 합평을 받기 위해 쓰더라도,
한 편 완성하기까지는 외로운 작업인 데다가 소설 안에는

5　아주 잘하는 분. 소설을 잘 쓰거나 그림을 잘 그리는 사람을 가르켜 존잘님, 혹은
　존잘러라 부른다.

어떤 오빠도 깃들어 있지 않으니 내게는 단편소설을 쓰는
것이 기계적이고 괴롭게만 느껴졌던 것이다. 자리에 앉아서
쓰고 있다고 해도 그건 아주아주 적은 용량의 영감, 즉
0.1퍼센트의 영감과 99.9퍼센트의 머리 굴림으로 이루어진
것이라 그다지 신나지가 않았다. 그런데 부부 백수 시기의
나는 두드드 다다다 신나 죽겠어! 상태로, 소설 쓰기 자체에
큰 재미를 느끼고 있었다. 처음으로 소설 자체가 내 오빠가
되는, 그런 기이한 경험을 한 것이다.

　그렇게 정신을 잃고 쓰는 와중에 여러 가지 느낀 점도
있었는데, 시에서부터 소설에 이르기까지 내가 그렇게
죽음을 이야기하는 것에 집착했던 이유를 다시금 생각하게
됐다. 그것은 나에게 일종의 의무감이자 본능, 내가
스스로 마녀가 아니라 무당이라고 인식하던 지점과도
일맥상통했다. 누군가는 마녀와 무당이 무슨 차이가 있느냐
생각하겠지만, 둘은 엄연히 차이가 있었다. 마녀는 선택적인
것이지만 무당은 자신이 원하든 그렇지 않든 무당됨을
수행해야 하는 존재인 것이다. 그러나 시에서의 나-무당과
소설에서의 나는 조금 달랐다. 소설에서의 나는…….

　이것을 말할 날이 올 것인가. 지금은 조심스럽게
말줄임표로 처리한다. 이런 걸 말하지 않고 넘어가는 것은

산문이 아니라고 말하는 사람도 있을 것이다. 그러나 역으로 나에게 이것은 소설이고 이야기이기 때문에 더 내밀한 생각은 잠시 접어 둔다. 말하고 싶은 것만 하고 말하고 싶지 않은 것은 하지 않는다. 시를 쓰면서 고잉 마이웨이 해야겠다고 다짐했던 것이 여기에도 적용된다. 이것이 예술적으로는 게으름이고 방종이며 고뇌 없는 글로 읽힐 수 있겠다.

하지만 내가 알 바냐. 죽음과 그걸 전달하는 매개로써 나의 관계는, 내게 소설을 쓰고 발표할 기회가 주어진다면 그 안에 늘 담겨져 있을 것이다. 이 글에는 대놓고 뜨거웠던 어느 6월과 관련된 내용이 담겨 있으므로 내가 왜 죽음에 집착하는지를 보고 싶다면 내년에 발표될 나의 소설 일독을 권한다.(뻥)

우두두 다다다의 나날이 지나고 결국 마감인 6월 20일이 되었다. 우여곡절이 많았지만 우리는 두 편의 단편소설을 썼다. 20일 오후, 우리는 두 소설을 나란히 인쇄한 뒤 각각 스테이플러로 묶었다. 그리고 각자의 가방에 각자의 소설을 담아 손을 잡고 우체국으로 향했다.

우체국에 가서 우리는 서류 봉투를 구입해서 각자의 손으로 각자의 봉투에 각자의 주소를 적어 넣고 (나의 경우는

본가인 고양시 주소를 적었다.) 각자의 이름을 적어서 접수대로
향했다.[6] 접수대의 중년 여성은 친절했는데 우리에게
영수증을 하나만 뽑아 줘도 되느냐 물었다. 나는 OK 했다.
우편 요금은 카드 즉납 5,120원. 서류 봉투 두 개가 현금으로
200원. 우리의 불타는 초여름은 그렇게 두 개의 등기
번호로만 남았다.

    우편을 부치고 나오면서 무심코 일련의 발송 절차를
도와준 창구 직원의 이름을 봤다. 그녀의 이름은
신경숙이었다. 나는 다시 한번 성남 태평동 우체국 직원
신경숙 씨의 친절에 감사하는 마음을 가졌다.

---

6 친구들 세 명과 효 외에는 아무도 모르는 나의 필명, 권늘. 그 이름으로 평론
   최종심에 한 번 거론된 적 있다. 사실 시 등단 전부터 그 이름을 쓰고 싶다고
   생각하고 있었는데 못 썼다. 처음 낸 시로 등단할 줄 몰랐기 때문이다. 권늘의
   기원은 다음과 같다. 어느 날 권능이라는 단어를 검색할 필요가 있었는데,
   오타를 내서 권늘이라고 쳤다. 놀랍게도 주님의 권늘이라고 오타 낸 문장이
   많았다. 늘이란 말에 한결같다는 말도 내포되어 있으며 동시에 권능의 권위를
   떨어뜨리는, 권늘이라는 말이 마음에 들어서 나는 날 권늘이라 생각했다. 백수
   기간 동안 쓴 소설 중에 권늘이 등장하는 소설이 있다. 맞춤법 검사기는 그것을
   자꾸 권능으로 고치라고 권유했다.

아직 알아 가고 있어요

나는 자신의 병을 이용하는 사람이 비겁하다고 생각한다.
그런데 어디까지가 이용이고 어디까지가 솔직한 고백인지를
구분하지 못한다.

다만 나 또한 고백이 아닌, 병을 이용하고 있는 건 아닌지
반성해 보는 것이다.

삶이란 게 늘 그렇듯, 아픔과 건강함 사이에도 균형이
필요하고 밀당이 필요한 모양이다.

고양시에 살 때는 동네에 토박이들이 워낙 많았기에,
어디가 좋은 병원인지 건너건너 들을 수 있었지만, 성남으로
이사 온 뒤로는 어디가 좋은 병원인지 물어볼 사람이 없었다.
밥 먹을 때 인터넷 검색을 통해 맛집을 찾아가는 것처럼

병원에 대한 평도 그렇게 찾아볼 수밖에 없었다.

감기나 충치에는 어디가 좋은지 찾을 수 있었지만, 갈 만한 정신과 병원이 어디인지는 어떤 블로거도 알려 주지 않았다. 가입해 놓은 조울증 카페에 검색하니 몇몇 대형병원 이름이 나오긴 했으나 그들이 하는 말도 결국 자기에게 맞는 병원을 찾아야 한다는 결론이었다.

나 역시 이 글에서 병원 추천 평을 쓰려는 건 아니다. 그저 내 첫 정신과 방문이 나쁘지 않았다는 것 정도를 말해 두고 싶다. 여러 시행착오를 나누는 것만으로도 누군가에겐 용기가 될지 모르니까.

나는 자주 우울하고 금방 센치해지다 어느새 날뛰게 되는, 기복 심한 성격을 지녔다. 그런데 2017년 2월에는 정말 응급 상황을 맞닥뜨리고 말았다. 공황 상태로 숨을 쉴 수 없었다. 나는 잠을 설치며 부들거리다가 결국 오전 9시 땡 치자마자 자고 있던 효를 깨웠다.

"병원에 가야 해."

병원에 가긴 가야 하는데 어디로 가야 할지 몰랐다. 검색해서 가장 처음 나오는 병원에 전화를 걸었다. 치료받으려면 예약하고 3주 정도 걸린다는 대답을 들었다. 공손하게 전화를 끊었지만 곧 죽을 것만 같았다.

효는 성남시 정신건강센터에 전화를 걸었다. 지금 당장 갈 수 있는 병원을 물어봤는데, 상담사가 전해 준 것은 집 근처 병원 목록뿐이었다.

제기랄. 뭐가 정신건강센터나고 우린 욕을 했다. (물론 공손하게 끊고 둘이서 욕했다…….)

그래도 별도리가 없어서 가장 먼저 알려 준 곳에 전화를 걸었다. 벌써 오전 10시 30분 가까운 시간이었는데, 12시까지 오면 진료받을 수 있다고 했다. 더 생각할 틈이 없었다. 우리는 집에서 걸어 15분 걸리는 병원으로 출발했다.

병원은 조그마했다.

효는 나를 따라 진료실에 같이 들어갔다.

진료실에서 내 눈에 가장 먼저 뜨인 건, 책상 위에 놓여 있는 크리넥스 티슈였다.

아. 울기 좋은 장소. 이건 나를 위한 친절인가.

그런 생각을 하면서 초진을 받기 시작했다.

내가 급히 정신과에 오게 된 계기는 대략 이러했다.

나는 학교 선배이자 문단 선배인 편집자에게 일종의 위계 폭력을 당했다. 그에 대해 가해자에게 말했으나 그는 끝끝내 알아듣지 못했다. 장문의 메일, 항의도 몇 번이나 묵살했다. 나는 그야말로 미치고 팔짝 뛸 것 같은 상태에 이르러,

급기야는 공황 증세를 겪게 되었다. 의사 선생님은 그런 이야기가 흥미롭다는 듯 들었다.

그러고는 아주 조심스럽게 말했다.

"이렇게 말하긴 정말, 음, 이 이야기를 해야 되나 모르겠네."

도대체 무슨 말인지 기다리는 내게 선생님이 뒤이어 말했다.

"정말 미안하지만, 권민경 님도 당신이 싫어하는 그 선배처럼 될 것 같아서요."

전혀 놀랄 게 없는 말이었다. 나는 그 사람의 성격을 이해했고, 그의 이상함을 알고 있었고, 나와의 공통점도 알고 있었다. 그래서 더 화병이 난 것이다.

내가 알고 있다는 듯이 말하자 선생님은 의외라고 생각하는 것 같았다. 하지만 그 덕분인지 선생님은 좀 더 편하게 말을 이었다.

"강박에는 궁합이 있어요. 상사가 약한 강박이고 부하가 좀 심한 강박이면 아주 좋지. 상사가 적당히 지시하면 부하가 완벽하게 일을 해낼 테니까. 근데 반대의 경우는 지옥이야. 사람을 들볶는 거지. 당신에게 일을 준 그 사람은 자기가 강박인 걸 모르고 그렇게 살 거야. 그리고 권민경 님에게 자신과 비슷한 모습을 보고 일을 시킨 걸 테고. 하지만 그

사람은 이전에도 사람들이 떠나간 경험을 했을지 몰라. 아주
힘들 거야."

나는 다시 이해한다고 말했다.

하지만 이해하는 것과 내게 그렇게 해도 된다는 것과는
다르다. 도대체 자기가 어디가 잘못됐지 모르면서, "우리
서로 이해하지 않았냐."라고 말하는 것부터가 답답해 미칠
노릇이었으니까. 이해하고 있는 것과 알고 있는 것은 다르다.
자신의 안위를 뛰어넘은 이해는 절대 이해가 아니다. 나는
그를 통해 그런 걸 배웠다.

남편과 의사 선생님을 제외한다면 그동안 내게 일어난
일을 아는 사람은 아무도 없었다.

글이 감정의 쓰레기통은 아니지만, 가끔은 당나귀 귀,
대나무 숲이 되어 주기도 한다. 그런 글이 무슨 의미가
있는지 물어보면 곤란하다. 어떤 사람은 그저 살아남으려
글을 쓰기도 하니까.

초진 이후로 병원 진료 외의 상담도 다녔다. 이사하면서
다른 병원에도 다니고 있다. 왜 정신과를 추천해 주는 사람이
없는가에 대해서, 이제 와서는 이해도 된다.

나는 새로 찾은 병원에서 조울병 진단을 받았다. 마음은
확실히 몸보다 더 복잡한 무엇이다. 이런저런 경험 끝에

우리는 자신을 알아 가게 된다. 시행착오가 필요하다. 아무래도 나는 조울증이 맞는 모양이지만, 그렇다고 해서 우울증에 강박증이라고 말한 첫 병원의 오진을 원망할 생각은 없다. 가장 힘든 시기에 내 눈물과 콧물을 받아 준 고마움을 잊지 못하기 때문이다.

병원이라는 공간은 늘 나에게 특별한 공기를 느끼게 해 준다. 어느 날은 물 위에 뜬 기름 같은 기분, 어느 날은 깊은 곳에 가라앉은 동전 같은 기분. 10년이 훌쩍 넘는 시간 동안 다니고 있는 여성외과에 가서도 나는 늘 낯선 기분이다.

평소에 등한시하고 있었던 내 몸, 그리고 마음을 마주하는 일, 그것에 집중한다는 것은 쉽지 않다.

그래서 나는 친구들에게 나에 대해 묻는다. 때로는 독자들에게 묻고 싶다.

"나는 누구고 당신에게 어떤 사람인가요?"

자꾸 누군가의 눈치를 보는 버릇을 버리지 못하고, 그러다 나를 놓치고, 모르고.

우리는 남을 알려고 노력하지만 정작 아무도 모르고 살아간다. 그러나 아무리 생각해 봐도, 자신을 먼저 챙기는 게 맞다. 그러니 여러분. 아프면 참지 마시고 꼭 병원에 가길. 더불어 늘 자신과 사귀어 가길. 이런 어리석은 전언만이 아무것도 모르는 내가 여러분에게 보낼 수 있는 인사다. 우린 우리를 알아 가는 중이므로.

인생의 프랙털

효와 쓰는 동안 2

　공모전에 투고할 작품들을 우편으로 부친 뒤 우리는 스터디를 위해 신논현 파파이스로 향했다. '물울 스터디'는 규칙적이면서도 유연하게 행해졌다. 책 읽은 소감과 당일 발제자의 발제를 듣는 매우 공식적인 시간을 약 1시간가량 갖고 거의 2시간 반가량을 노닥이는, 그러니까 작법적인 부분에 대해 도움을 받고 함께 고민하는 스터디라기보다는 글쓰기에 뒤따르는 필연적인 외로움, 그것을 덜고자 하는 스터디였다.

　그날도 짧은 발제 이후 우리는 이야기를 했다. 나는 남들과 애써 친해지려 하지 않는 효의 깨끗한 예비역스러움에 대해 이야기했다. 스터디원인 심비가 말했다.

　"사람은 각자 갖고 싶은 능력을 갖는 게 아니죠. 효 님은

사람들의 사랑을 별로 원하지 않는데 효 님에겐 사람을
끌어당기는 능력이 있는 게 아이러니예요."

우리는 그 후 여러 영화에 대해 논했고 이야기는 배우
김민희가 배우로서 자리 잡기 위해 선택한 행보에 대한
것으로 흘러갔다.

"얼마 전까지는 이런 이미지가 아니었지 않나?"

김민희는 어느새 시나리오 보는 눈이 탁월한 배우가 되어
있지.

그녀가 그렇게 변모하기까지 얼마나 많은 사소하고
중대한 사건들이 일어났는지 궁금했다. 그리고 정교하게
그려 놓은 듯한 부부인 장동건, 고소영에 대해 말했고, 그
어떤 이미지도 이겨 낼 수 있는, 아무도 깨부술 수 없는
원빈의 얼굴과 그 아우라에 대해서 이야기했다.

우리 스터디는 항상 그런 신변잡기와 문화평론 식으로
이어졌고 원빈도 항상 그런 식으로 대단했던 것이다. 집으로
돌아가면서 나는 효에게 말했다.

"이번 계절에 시 청탁이 들어오지 않아서 너무 좋아. 오늘
단편소설을 마감했으니 집에 가서 장편소설 쓸 거야."

인생은 아이러니 한 것이어서 다음 날, 김민희와 홍상수의
관계에 대한 기사가 떴고, 나는 시 청탁 전화를 받았다.
거절할 수 없는 분에게서 온 전화였다. 그리고 경상도 신공항

건으로 밀양과 가덕도에 땅 투기를 한 사람들도 하루 만에
삶이란 무엇인가에 대해 생각해야 하는 날이었다. 병신년
6월 21일은 그랬다. 효가 어릴 때부터 좋아하던 소설가,
우체국 직원 동명이인이었던 그분은 훗날 표절 시비에
걸렸다.

21일이 가기 전에 효는 내게 말했다.

"엊그제 꿈을 꿨는데 코끼리 두 마리가 나왔어. 걔네는
어릴 적에 팔던 둘리 야광 지우개처럼 몸에서 빛이 나더라고.
내가 그중에 한 마리를, 에라 모르겠다 하면서 안아 버렸어."

"그거 태몽 아니야?"

나는 말했으나, 별달리 짚이는 데는 없었다. 우리는 (글로)
불타는 밤을 보내느라 다른 불타는 밤을 보낼 틈도 없었다.
물론 우리가 9년이나 사귀고 이미 같이 산 지 1년이 넘어서
그런 것도 있지만. 아무튼 나는 효의 꿈을 듣고 둘 중 한 명의
소설이라도 당선되었으면 좋겠다고 생각했다. 결혼하느라
진 빚이 1000만 원 있었기 때문이다.(학자금 대출은 축의금
받은 것으로 갚았다.) 지금 나는 그때의 꿈에 대해 쓰고 있지만
그 꿈이 소설에 대한 것이었는지 알 수 없다. 그저 나중에
보면 지금 쓰고 있는 글이 재미있는 기록이 되겠다 생각할 뿐.

게으른 자는 천재를 이기지 못하고 천재는 성실한 자를

이기지 못한다는 이상한 먹이사슬은 널리 알려진 바이다. 그리고 그 먹이사슬의 포식자는 다름 아닌 즐기는 자란 말 역시.

니는 그 6월의 내가 신성 슬기는 자였다고 자신하며 또 전에 없이, 일련의 성실함도 보였다고 생각한다. 나의 성실함은 부정될 수 없다. 왜냐면 앞서 말한 '들린 상태', 우드드 다다다는 세 시간 정도면 끝이 나지만 그 이후에는 소설을 고치고 고치고 고쳐야 하는 지난하고도 성실해야만 하는 시간이 이어졌으니까. 소설에 대한 나의 사랑은 이렇듯 생각보다 성실한 성질의 것이었다. 뭐, 사실 소설 말고 다른 오빠들에 대한 사랑도 성실했다. 많은 시간을 투자했고, 또 꾸준했으므로. 내 생애에서 오빠가 공부인 적이 한 번도 없다는 점이 유감이랄까.

나는 누군가 다른 사람의 작품이 우리 소설 대신 선정이 된다면, 그 사람이 나보다 미쳐 날뛰었으며 소설 쓰는 게 너무 신나서 말춤과 깨춤을 추었을 것이라고 믿는다. 내가 소설을 쓰던 와중의 흥이라면 뒤지지 않으나 내가 쓴 소설의, 내가 늘 중요하게 생각했던 에너지의 전달이, 그리고 에너지의 파동이 제대로 전달될 수 있는 성질의 것인가는 아직도 의심스럽다. 왜냐면 나는 경험이 적기 때문에. 소설을 썼다가 망치고 다시 처음부터 쓰고 하는 경험. 공모전에서

떨어지고 붙고 하는 경험. 사랑에도 경험이 필요해서, 많이
싸우고 화해해야 서로 맞추어 나갈 수 있는 것처럼. 효와
나도 엄청스레 싸웠고, 그리고 병신년에 이르러서까지
우리는 끊임없이 싸우고 있다.

　잠시 잊고 있던 효의 첫 직장인 잡지사로 다시 되돌아간다.
잡지사 대표의 사모님인 언니가 문학상을 타서 시상식에 간
적이 있다. 물론 남편인 대표님도 갔고 직원인 효도 갔다.
　거기서 시 쓰는 강 선배를 만났다. 강 선배는 나와 친한
사람은 아니었으나 가끔 그를 만날 때면 그가 흔한 주정뱅이
시인 같으면서도 수더분한 사람이란 느낌을 받곤 했다.
사람들을 스스럼없이 대하면서도 느물거리지 않는 것이
그의 매력 포인트랄까.
　어쨌든 강 선배는 그 자리에서 효를 처음 봤는데 (물론
그 자리에서 효를 처음 본 문인들이 참 많았다.) 새벽 4시 반
경, 4차를 어디로 가냐, 누가 가냐는 말들과 함께 사람들이
길거리에서 서성거릴 때 나에게 말했다.
　"도대체 후배의 남편은 내가 뭐라고 불러야 하냐."
　효가 말했다.
　"고것이라고 부르면 될 것 같습니다."
　나는 그것이 꽤 위트 있는 말이라고 생각해서 웃었다.

그러나 강 선배는 시인인지라, 그의 말이 더 웃겼다.

"그럼 뎃트와 뎃트걸이라고 부르면 되냐."

고것과 저것은 조금 다를지 모르겠지만, 어쨌든 뎃트와 뎃트걸은 괜찮게 들렸다. (우리의 실제 호칭은, 집에서 일하는 효는 안사람, 출퇴근 하는 나는 바깥사람이었다.)

그리하여 뎃트와 뎃트걸은 책을 읽고 뒹굴다가 글도 쓰며 살고 있는데, 도저히 오래오래 행복했다고 말할 수가 없는 것이, 나는 늘 인생의 굴곡이 심했고, 효는 평탄한 편이었지만 어쩐지 자신의 능력만큼 운이 좋은 편은 아니어서 내가 등단하기 전부터 최종심에서 떨어지고 있었기 때문이다. 그러나 효는 원하는 것을 늦더라도 얻어 내긴 했다. 또한 행복과 불행은 늘 번갈아 오는 것임을, 나는 경험상으로도 잘 알고 있다. 한 배우의 이미지가 내 안에서 주기적으로 변모하는 것처럼, 미친 듯이 올랐다가 떨어지는 밀양이나 가덕도의 땅값이 있는 것처럼, 우울과 조증의 주기처럼. 말하자면, 모든 별개의 사건들은 인생의 프랙털이랄까.

시집을 내고 싶어서 안달하던 시기가 지난 나는 시집(이란 올드한 표현)을 갔다. 일은 몇 개월째 쭉 쉬고 있었다. 신혼여행 갔다 와서 한 주나 지났나, 평소 알고 지내던 사이가 아니었던 시인에게 문자가 왔다.

시집 계약을 하자는 말이 논지였다. 나는 지금 시집 낼 마음이 없으니 기다려 주실 수 있으면 계약하겠다고 답했다.

그러고 나서 생각해 보니 굉장히 건방을 떤 것 같았다.

물론 그 문자도 쉽게 보낸 것은 아니었다. 고마운 마음이 컸으나 내 지금 마음도 전달하고 싶었으니까, 그렇게 보낸 것은 어쩔 수 없었던 것이다.

기뻤지만 씁쓸했다.

왜 원하는 것은 놓아 버리고 나서야 찾아오는 것인가. 안달복달 못할 때는 멀어져 가더니.

세상 모든 일이 지금 쓰고 있는 이 글 같아서, 감히 내다볼 수가 없다. 하고 싶다고 되는 것도 아니고 그렇다고 안 되는 것도 아니고, 엉망진창이다. 종종 내 인생은 롤러코스터 인생이라고 표현하는데, 뭐 그렇다. 내 글도 이렇게 오르락내리락 엉망진창이니, 이 또한 내 인생의 프랙털이랄까.

움직이는 좌표

나는 인생사를 하나의 그래프로 떠올려 보고는 한다. 이때 누군가의 위치란 좌표로 그리기에는 어려운 것이다. 다만 내가 점이고 내가 살고 있는 시간과 공간이 커다란 모눈종이 같은 게 아닐까 생각해 보는 것이다. 나는 종종 투명하고 광활한 공간에 점으로 찍혀 있는 나를 그려 본다.

과거의 나는 지금의 나와 같은 좌표에 놓여 있지 않다. 나는 어떤 방향으로 나아가고 있다. 미래에는 나의 좌표가 어떤 모르는 지점에 찍혀 있을 것이다. 예측을 해 볼 수도 있겠지만 안 될 가능성이 더 크다.

나는 사람들과 내 좌표가 스치고 멀어지는 뜻밖의 순간들에 종종 당황하곤 한다.

과거, 튀는 행동과 발언으로 싫어하던 가수가 있었다. 얼마 전 음악 방송에 나온 그는 자신이 많이 바뀌었다고 말했고, 과거의 자신이 무척 부끄럽다고 했다. 나는 단순히 그가 나이를 먹었구나, 하고 생각했다. 그 후, 자신의 예술관이나 작업 방식 등을 이야기하는 그를 보며 나는 단순한 납득이 아닌 동질감을 느꼈다. 전혀 닿을 수 없는 위치에 있다고 생각하던 그는 어느새 나와 비슷한 좌표 위에 놓여 있었다.

　　반면 나와 가장 닮아 있다고 여겼으며 그가 하는 무슨 말이든 이해할 수 있을 것 같던, 내가 사랑하던 가수와는 분명 멀어지고 있다. 나로서는 그다지 관심 없는 분야를 좋아하고, 납득하지 못할 취향을 획득해 가는 그를 보고 나는 생각한다.

　　"오빠. 우리는 이렇게 스쳐 지나나 봐요."

　　그래도 여전히 그와 나의 공통점이 많이 남아 있긴 하다. 일단 과거에 비슷한 취향을 가졌다는 것 자체가 우리를 묶어 주고 있으니까. 우린 어떤 부근을 함께 지나고 있다. 다만 교차하며 멀어지고 있을 뿐. 느린 속도로.

　　분기점은 섭섭함과 반가움을 동시에 준다.

　　효와 연애 초반에 많이 싸웠던 이유는 다름을 인정하기

어려워서였다. 나는 효를 자꾸 나와 동류로 생각했고
그럴수록 효는 자신과 나의 다름을 강조했다. 지금에 와서는,
둘 다 서로의 생각에 긍정하게 된 걸지 모른다. 이제 나는
효가 나와 비슷한 섬도 있지만 더 많이 다르다는 것을 알고
있고 효는 내가 타인임을 알지만 세상에서 가장 가까운
사람임을 알고 있다.

   아주 비슷하고 똑같은 생각을 하는 사람끼리 사랑하는
건 과연 좋을 일일까? 나는 얼마 전부터 그것을 회의하기
시작했다.

   우리가 현재 똑같은 지점에 놓여 있으면 언젠간 서로
지나쳐 멀어지지 않을까. 차라리 약간 다른 위치에서
평행하게 나아가는 게 낫겠지. 결국 소울메이트를 원하는
마음도 그저 낭만적인 생각일 뿐, 사실 좋은 관계란 다른
좌표에서 같은 방향으로 나아가는 게 아닐까.

   소울메이트를 찾는 솔로(혹은 커플)를 위한 충고.
   다르지만 함께 나아갈 수 있는 사람을 찾을 것!

선량한 사람들의 크리스마스

내가 기억하는 첫 번째 크리스마스 선물은 과자였다.

다섯 살 성탄 전야, 나는 산타 할아버지가 굴뚝을 타고 들어와 선물을 주고 간다는 이야기를 품고 잠들었다. 아침에 일어나니 머리맡에 선물이 놓여 있었다. 장화 모양의 플라스틱 용기에 과자가 담긴 싸구려 선물 세트였다. 야채 크래커같이 어린아이들의 입맛엔 담백한 과자들이 담겨 있는 그 선물을 들고 나는 반갑기도 하고 섭섭하기도 한 묘한 기분에 잠겼다.

"우리 집에는 굴뚝이 없는데 산타 할아버지가 어떻게 들어온 거야?"

나의 물음에 엄마는 단칸방 구석에 있는 작은 쪽창으로 들어온 거라 말해 주었다.

창에는 촘촘하게 철창이 쳐져 있었다.

초등학교 1학년 때의 산타가 주고 간 선물은 분홍색
부츠였다. 뒤꿈치에 집고 필 수 있는 스파이크가 달린
실용적인 물건이었다. 그러나 그 당시의 나에게 실용성이란
따분함을 의미했다.

대체 왜 이런 걸 줬을까. 내가 원하는 건 다른 거였는데.
마루 인형이나 골라이언 로봇 같은 것들.

어쨌든 나는 그 부츠를 신었고 무를 수도 없게 되었다.

그리고 2월의 어느 날, 우리 중국집의 홀에서 놀고 있던
나는 히터 뒤에서 그것을 발견했다. 산타의 선물이라던
부츠의 포장지였다.

나의 미심쩍음은 그때 모두 풀렸다. '혹시 없는 거
아니야?'가 확실히 '없다.'라고 밝혀지니 오히려 속이
시원했다.

효에게 우리 부모님의 허술한 산타 행각에 대해
이야기하자 효는 자신의 이야기를 해 주었다.

"나는 아빠가 선물을 주면서 이거 산타가 줬어, 너한테
전해 달랬어, 하고 말했어. 산타가 줬다고 했지만 내가 믿든
말든 상관하지 않고 믿을 거라고 기대하지도 않는 것 같았지.

정말 믿게 하고 싶었으면 태극기를 들고 오지는 않았겠지."

"뭐? 크리스마스 선물이 태극기였다고?"

"아니 태극기가 아니라 퇴근길에 들고 오지는 않았겠다고. 산타인 척하려면 밤에 머리맡에 몰래 두지 않았을까."

효의 말을 들으니 어쩐지 우리 엄마 아빠의 허술한 연극이 찡해졌다. 새삼 선량한 사람들이란 생각이 들어서. 그렇다고 효네 아버지가 불량하다는 것은 아니고.

어쨌든 효의 저질 발음 때문에 나는 이런 장면을 상상하게 되었다.

어느 먼 과거의 크리스마스, 옆구리에 태극기를 끼고 차가운 겨울 거리를 걸어 집으로 돌아가는 남자, 같은 시간 다른 장소에서 아이들 몰래 선물을 포장하는 부부를.

3부

나의 나 도슨트

빨간 물음표

간절히 원하던 것들은 이루어지지 않았다. 반면 별 기대도 않던 행운들이 찾아왔다. 뜻대로 되지 않는 것이 삶이라는 걸 절감하며 자랐다. 지금도 자라고 있다. 언제까지 자랄 수 있을까.

최근 갑자기 사람을 만날 일이 늘었다. 간혹 예기치 못한 질문에 허를 찔렸다. 주로 아주 근본적인 것들이었다.

"어떤 시인으로 기억되고 싶은가요?"

그런 질문에는 미래에 대한 기약이 내포되어 있다. 현재와 근미래를 바탕으로 이루어질 먼 미래. 먼 미래의 나. 그때도 시인이라면 어떤 사람으로 기억되고 싶은가, 혹은 죽어서 어떤 사람으로 남고 싶은가.

누군가에게는 단순할 질문이지만, 그런 물음 앞에선, 평소 이빨을 잘 깐다고 말하고 다니는 나도 말문이 막히는 것이다.

나는 먼 미래를 그리는 일에 약하다. 예민하게 삶을 받아들이려 하지만, 그런 매일을 모아 무일 이루겠다는 욕망이나 바람이 없다. 없는 것은 없는 것. 언제까지 없을 수 있을까.

언제까지 없었으면 좋겠다. 지금 이 글을 쓰고 있는 나는 내가 추모하기 위해 시를 쓰고, 나의 내외부적인 상처에 대해 말하며, 나를 비롯한 누군가의 상처를 착한 짐승처럼 핥을 수 있을 거라 생각한다. 믿는다. 그러나 1년 후의 나도 그럴지 모르겠다. 5년 후에도 같을지 모르겠다. 아마 시에 대한 다른 믿음이 생겨날 수도 있겠다. 혹은 그대로일 수도 있다. 어떤 것을 확신할 수 있을까.

내가 이렇게 '티미'하다. 그래서 늘 생각한다. 이렇게나 확실하지 않은 것들, 내 존재나 삶 자체가 애매모호이지만, 그런 것에 대해서 명확한 감정을 전달하는 것이 예술가가 아닐까. 시인도 예술가이니, 그런 것에 대해서 늘 생각해야 한다고 여긴다.

나는 예술가의 '뽕'이나 자아도취를 경멸하는 편인데, 그럼에도 늘 시 쓰기가 예술임을 잊지 않으려 한다.

미학적인 것과 기술적인 것이 만든 어떤 선명한 것이라고.
뜬구름 잡기가 아닌 감정과 기(氣)의 전달이라고. 명확한
전달이라고.

명확하지 않은 것을 명확하기도 하고 명확하지 않기도 한
'언어'라는 도구로 전달하는 예술이 시이다. 긴장하지 않으면
내 시는 나처럼 영 '티미'해지기 마련이다.

그러기 위해 어떨 때는 이성적인 기획자가 되기도 하고
어떨 때는 미친 여자가 되기도 한다. 필요에 따라 움직인다.
물론 항상 성공하는 것은 아니다. 퍼즐 조각처럼 딱 맞는
짝이 분명 있을 것이다. 그러나 나는 아직 퍼즐을 잘
맞추지는 못한다. 나는 늘 실패하는 와중이며, 실패 직후에는
그것에 대해 몹시 좌절하지만 곧 잊고 다른 작업에 몰두한다.
늘 흔들리는 상태인 나 같은 인간에게, 작업에 대한 중심이
금방 잡힌다는 것은 얼마나 다행인지 모르겠다.

어쨌든 실패하고 흔들리다가 결국 나에게 져 준 과거의
나에겐 늘 미안하고 애틋하다. 하고 싶은 것들을 하길 바라.
하지만 미래의 나여. 실패 없는 삶을 상상할 수 있어? 나는
그렇게 좌절과 좌절로 이루어졌어.

그리고 뜻밖의 성공 몇 개.

성공이든 실패든, 그건 내 기준이다. 밖을 의식하는 건

최소화할 것.(그렇다고 무시하면 안 된다.)

예술에 얼마나 많은 '밀당'들이 존재하는가? 독자를 무시하면 안 되고 의식해도 안 되고 너무 이성적이어도 안 되고 너무 감상적이어도 안 되고 어쩌고저쩌고……. 이런저런 흔들림과 균형 잡기의 집합체가 예술 작품이다. 그러나 예상하지 못한 작품이 사랑받고 예상하지 못한 시기에 유명해지는 사람도 있다. 이런 것은 인생이 마음대로 되지 않는다는 것을 말해 주는 좋은 예시이다.

비유와 은유로 이루어진 삶.

그러니까 몸소 고통을 체험하게 하진 마세요. 비유와 은유로 보여 주면 얼마나 좋아.

과거의 나는 여러 가지 고통을 받았고 앞으로도 내 앞에 어떤 일이 기다리고 있을지 모르겠다. 그런 경험에 대해 말하는 건 좋아하지 않으나 시로 꺼내 놓는 건 어렵지 않다.

말과 글은 모두 언어를 매개로 하나 너무 다른 느낌이다. 나는 종종 그 둘을 섞어 사용하곤 했는데 최근 점점 더 적극적으로 둘을 한데 놓아 보려고 한다. 글에서 다 하지 못한 것을 구어를 이용해 보충하려 한다. 그러다 보니 외국어나 비속어, 신조어들이 내 시에 자주 등장한다. 맞춤법을 준수한 글을 써 놓고 부러 그것을 부수는 일이

잦다. 쉽게 쓴 것처럼 보이지만 늘 고민이다. 이런 고민은 내 등단 시에도 나타난다.

신춘문예 당선 이후, 담당 기자에게 건네받은 내 원고의 아랫부분, 정확히 말하면 "너의 처음이 몇 번째인지 까먹었다"[7]라는 구절 아래에 빨간 물음표가 쳐져 있었다.

아마 심사위원이 표시한 거라고 생각한다. 이 부분을 빼라는 뜻이었을지 모른다. 나는 끝내 빼지 않았다.

지금은 이름을 말할 수 없는 내 스승 중 하나는 첫 합평 시간에 나에게 이건 진짜가 아니니 '네 목소리'를 내라고 말했다. 그게 무슨 뜻인지 몰라, 정말 내가 사용하는 구어를 시에 넣었다. '잊어버렸어.'라고 말하는 대신 '까먹었다.'라고 하는 게 나다. 잊어버린다는 말로는 표현할 수 없는 까먹음이 있다.

조금 잘난 척하는 듯한 역사적, 과학적 지식과 외국어도 내 시에 내포되어 있다. 그리고 마지막으로 '맴찢'의 정서까지 짬뽕된다.

나는 "짬뽕이 끓는 검은 냄비"[8]와 같다. 그 안에서 뭔가를

---

7 권민경, 『베개는 얼마나 많은 꿈을 견뎌냈나요』(문학동네, 2018).

8 권민경, 『꿈을 꾸지 않기로 했고 그렇게 되었다』(민음사, 2022).

발굴 중이다. 그런데 자꾸 예상치도 못한 게 나오니, 발굴
작업은 아직까지는 흥미롭다.

과거의 나는 '네 목소리'라는 말이 비유인지도 몰랐던
어리석은 사람이었다. 지금의 너도 그게 다르지는 않다. 다만
무식함의 방식은 달라졌다. 그동안 어떤 분기가 존재했는지
일일이 기억하지는 못하지만.

?

나는 과거의 나를 억지로 떼어 놓고 버스에 실려 간다. 늘
흔들흔들, 흔들리면서 간다.

다른 무엇이 있을 것이다. 그것이 뭔지 모르지만.
아무것도 명확하지 않은 것이 삶이며 그게 시가 아닐까.
하지만 다가올 그 무엇이 꽤 괜찮은 것일 거라는 일말의
희망을 갖고 지낼 것이다. 실패를 연속하며.

잘리기 전과 후, 다시는 같아질 수 없어.
매초 다른 사람으로 분리되고 있잖아. 괜찮아?
괜찮아.

—「플라나리아 순간」에서[9]

나는 기꺼이 명확하지 않음을 받아들인다. 멍청하고 무구하게, 없는 것들을 섬기며. 신념이든, 신체든, 더 잘라 내더라도 오히려 전보다 길어지며.

언제까지나 자라고 싶다.

9   권민경, 『베개는 얼마나 많은 꿈을 건더냈나요』.

즐거운 나의 시

내 나이 열아홉 살, 그때 내가 가장 가지고 싶었던
것은 윈도우가 탑재된 PC와 타무라 유미 화집과
MP3플레이어였다[10], 라고 의미심장하게 시작하면 좋을
텐데. 나의 등단기를 한번 써 보자고 마음을 먹으니, 어쩐지
주저된다. 들려줄 만한 특별한 이야기는 없다. 그저 솔직하고
싶은 마음으로, 쓴다.

연말에 신문사에 시를 보내 놓고도 내가 당선되리라곤
생각하지 않았다. 반면 매우 자신만만하게도 최종심까지 갈
거라고는 확신했다. 그 근거 없는 자신감은 이런 생각에서

10   장정일의 『아담이 눈뜰 때』(김영사, 2005)의 첫 구절을 패러디하였다.

나온 것이었다. 일단 나는 등단을 목표로 시를 쓴 게
아니었기 때문에 당선에 대한 욕심은 없었다. 반면 너무
즐겁게 시를 쓰고 있었기 때문에 내 시를 사랑했다. 그래서
어느 정도는 인정을 받을 수도 있겠다는 생각을 한 것이다.

내 생일 다음 날, 오후 4시 경에 나는 주꾸미 요릿집에서
주꾸미볶음에 밥을 비벼 먹고 있었다. 그때 전화를 받았다.

연락을 받고 정신이 없어 어떤 시로 당선이 되었는지
물어보지 못했다. 다음 날 「오늘의 운세」로 되었다는 말을
듣고 의외라고 생각하면서도 한편으로는 수긍하게 되었다.
그 시는 오래 묵은 것들을 끄집어내 쉬운 언어로 쓴 시인데,
그렇다면 읽는 사람도 쉽게 읽지 않을까 하는 생각이었다.
(물론 그 후에 시가 무슨 말인지 모르겠다는 얘기를 듣기도 해
당황하기도 했지만.)

10대 시절은 그다지 돌아가고 싶지 않은 시기이다.
따돌림을 당하거나 공부를 싫어했던 건 아닌데 학교만
가면 답답했다. 거기다가 기분이 널뛰어 나 자신을 견디기
어려웠다. 한때 몸무게가 86킬로그램을 넘은 적도 있었지만,
그때는 내가 뚱뚱한지조차 의식하지 못했다. 나를 괴롭히는
많은 다른 문제들이 있었기 때문이다. 지나고 보니 이유 없는
괴로움은 우울증 탓이었던 듯하다. 그런 것도 모르고 나는

나로 살아가느라 바빴다.

　고등학교 2학년이 끝나 갈 무렵 나는 미술을 시작했다.
그림 그리는 게 내 천직이라고 생각했다기보다, 막연히
예술을 해야겠다고 마음먹었던 것 같다. 나는 그림 그리는
걸 좋아하긴 했지만 유감스럽게도 미대 입시 과정에는
잘 적응하지 못했다. 미술을 해야겠다고 마음먹은 데에는
학교를 싫어했기 때문도 있었는데 그러자 미술학원이
싫어졌다. 미술학원에 다니면서 가장 많이 들은 말은 이런 건
대학 가서 그려라, 였다. 이는 학원에서 가르치는 대로 '입시
그림'을 그리라는 명령이자, 내가 말을 지지리도 안 들었다는
반증이기도 하다.

　결국 스무 살의 나는 백수가 되었다. 대학생 신분은 아주
잠깐, 자퇴 후 학교에서 등록금 일부를 돌려줄 정도의 짧은
기간이었다. 엄마는 내 통장에 반환된 등록금을 넣어 주었다.
그런 목돈이 생긴 건 처음이었다. 내가 가지고 있던 돈이
언제 떨어졌는지 정확히 기억나지는 않는다. 아무튼 통장에
20만 원 정도 남았을 때 나는 그 돈으로 모조리 책을 샀다. 그
후 며칠 동안은 참 행복했다.

　그로부터 5년 정도 집에만 있었다. 돈이 떨어지면 잠깐의
아르바이트로 생활비를 벌고 그 돈으로 다시 몇 달을 지냈다.

그리고 어김없이 마지막 남은 돈은 모조리 책을 사는 데
바쳤다. 나에게 묘한 쾌감을 주는 행위였다. 부모님은 집에만
있는 나에게 별다른 이야기를 하지 않았다.

어느 날, 밤새 게임을 하고 아침을 맞았던 때였다. 나는
출근하려는 엄마와 마주쳤다. 엄마는 지나가는 말로 네가
훨훨 날개를 펴고 날아갔으면 좋겠는데, 하고 말했다. 그건
엄마가 집에서 놀고 있던 나에게 건넨 유일한 말이었다. 좀
슬프게 들렸다.

오랜 시간 최소한의 사람을 만나고 최소한의 활동만을
하니 오히려 이제는 뭔가 하고 싶다는 생각이 들었다. 집에만
있었는데도 살이 빠졌고 정말 날 수도 있을 거 같았다.

다시 미술을 할 생각으로 화실을 알아보는 도중, 나에게
더 가까운 건 그림보다 글이라는 걸 깨달았다. 그 무렵에도
마지막 남은 돈으로 책을 사 읽고 있었는데, 그때 읽은 책이
큰 영향을 줬다. 헤르만 헤세의 『나르치스와 골드문트』를
읽은 뒤 나는 아, 작가가 되어야 하나 보다 생각했다. 참
이상한 계시였다.

그해 시험 삼아 문창과 입시를 치렀다. 그리고 운 좋게
붙었다. 예비 2번이었다. 처음으로 하고 싶은 일을 억압받지
않고 해내는 즐거움을 느꼈다. 한 가지 아쉬운 점은 내가

글을 잘 쓰는 학생이 아니었다는 것이다.

본래 나는 소설을 쓰는 사람이었다. 시는 입학 후에야
처음 접했다. 1학년 때에는 막연히 시 쓰는 일이 생각보다
재미있다고 생각했다. 2학년이 되자 좀 더 진지해졌다.
2학년 시 선생님은 무섭기로 소문난 분이었다. 그분께
칭찬을 듣지는 못했다. 하지만 꾸중을 듣지도 않았다. 혼나지
않았다는 사실만으로도 굉장한 위안이었다.

나는 곧 그분을 흠모하게 되었다. 마치 아이돌을 숭배하는
것 같은 마음이었다. 선생님이라고 해도 너무 멋있었으니까.

선생님의 영향 덕분인지 마지막 학기에는 본격적으로
시집을 읽기 시작했다. 학기 내에 시집을 100권 읽는,
자타공인 무식한 스터디에도 가입했다. 시집 읽기는 다행히
재미있었다. 그렇기에 짧은 시간 동안 몇백 권의 시집을 읽을
수 있었을 것이다. 세대와 성별을 초월하는 여러 시집을
접하고 시를 대하는 마음도 열렸던 것 같다. 어떻게 쓰든
좋은 시는 좋은 시다.

그렇게 시에 관심에 생겼을 때에는 이미 학교를 졸업할
무렵이었다. 전공이었던 소설에 매진하지도 못했고, 시
공부는 이제 막 시작한 단계였다 보니, 더욱 공부에 대한
욕심이 생겨 때마침 생긴 학사 과정에 입학했다. 좋아하는
공부를 한다는 즐거움이 강했지만 학기마다 늘어나는

대출금 이자마저 좋은 건 아니었다.

학사 과정을 다니면서 병을 얻었다. 불행 중 다행인지,
그때 아르바이트를 하던 곳이 보험회사였다. 들어 놓은
보험 덕에 얼마간의 돈을 받을 수 있었다. 학자금 대출금과
생활비는 해결되었지만 투병 생활 동안 이런저런 상처를
많이 받았다.

글을 쓰면서 그 시기를 이겨 냈어요, 말할 수 있다면 좋을
텐데. 내가 제대로 글을 쓸 수 있었던 것은 매일 약 먹는
일을 까먹지 않게 되면서부터이다. 하지만 확실히 그 시기에
시와 더 가까워진 건 사실이다. 당시 내가 생각하던 것들을
표현하기에는 시의 형식이 적합했다.

그 후로 몇 년 동안 삶과 죽음에 대한 생각에 사로잡혀
있었다. 나도 모르는 사이에 그런 이야기를 담은 시들을
쓰고 있었고, 한 친구는 내 시 묶음을 보더니 농담 반 진담
반으로 '생로병사의 비밀'이라는 부제를 달아 주었다.
그때까지 투고는 한 번도 하지 않았다. 이런 엉터리 글들을
들이밀기에는 읽어 온 시집들에게 부끄러웠다.

마지막 학년으로 복학한 2010년에도 나는 눈에 띄는
학생은 아니었다. 과제도 하루 전날 겨우 해 가는 수준의,
그러니까 겨우 출석만 하는 학생이었다. 그런데 여름방학

직전 뭔가 변화가 생겼다. 문득 어떤 기분을 느꼈는데, 그건 내 시에 대한 구체적인 방향성이었다. 송아지에 올라탄 한 소년이 마을에 들어가는 모습이었다. 갑자기 떠오른 그것은 이야기가 아닌, 하나의 장면이었으며 이미지였다. 첫 장면을 바탕으로 소년은 왜 이 마을에 들어섰을까에 대해 상상해 나가는 것, 그로 인해 다양한 장면이 퐁당퐁당 널을 뛰어 이어지는 것. 그것이 내 시 쓰기가 아닐까. 그런 힌트를 얻었던 거다. 물론 자유로운 초고 이후에 많은 개작을 거쳤으므로, 송아지에 대한 부분은 거의 사라져 버렸지만.

방학 동안에 나는 다시 마음껏 게으름을 피우고 학교에 갔다. 첫 작품은 여전히 별 반응을 얻지 못했다. 집에 와서 생각해 보니, 방학 전에 봤던 장면이 떠올랐다. 그 장면을 시로 옮겼다. 그리고 처음으로 칭찬을 들었다. 그 후로 시간을 들여서 시를 고쳤고 매일 퇴고했다. 그렇게 하니 전과 달리 합평 시간이 기다려졌다. 어떤 말을 들을까 설레기까지 했다.

그 후로 등단하기 전까지 3개월간의 짧은 시간은 글 쓰는 게 가장 행복했던 시간이었다. (2023년에 되돌아보아도 역시 그렇다.)

나의 등단작 「오늘의 운세」는 내 기분을 바탕으로 쓴 두 번째 시이다. 그 시를 쓸 때 굉장히 긴장했었다. 내가 생각하는 기분이라는 게 사실 나의 착각일 뿐이고 어쩌다 보니 한 편 정도 마음에 든 시가 나온 게 아닐까 하는 두려움 때문이었다. 떨면서 그 시에 대해 합평하고 합평 끝에 마음을 놓았던 기억이 난다.

「오늘의 운세」는 초고에서 크게 손을 대지 않은 작품이다. 솔직히 말하자면, 나는 내 기분을 처음으로 전면으로 다룬 시, 「소문」을 더 좋아한다. 「소문」을 쓰면서 시를 여러 번 분해하고 끼워 맞추고 잘라 내고 덧대던 기억, 시 작업의 기쁨에 대해 처음으로 잘 알게 되었기 때문이다.

물론 「오늘의 운세」도 비슷한 의미가 있다.(서운해하지 마…….) 그 시에 담긴 생각들은 내가 아플 때부터 줄곧 해 오던, 오래된 것들이니까.

나에게 시를 쓰는 일은 어떻게 하면 글을 쓰는 즐거움을 잃지 않을까 하는 고민을 동반한다. 그 즐거움이라는 게 고통스러운 창작 끝에 오는 잠깐의 쾌감일 수도 있지만, 그 어떤 종류의 즐거움이라도 글과 관련된 것이라면 붙잡고 싶다. 등단 직전의 설레던 순간들, 그것을 다시 느끼고 싶어 계속 글을 쓰고 있는 게 아닐까.

어설픈 이 글에서 남는 것은 결국 이 한 문장일 것이다. 모두가 글을 쓰는 행위를 통해서 즐거웠으면 좋겠다.

오늘의 운세

나는 어제까지 살아 있는 사람
오늘부터 삶이 시작되었다

할머니들의 두 개의 무덤을 넘어
마지막 날이 예고된 마야 달력처럼
뚝 끊어진 길을 건너
돌아오지 않을 숲속엔
정수리에서 솟아난 나무가 가지를 뻗고 꽃을 피우고 수
많은 손바닥이 흔들린다
오늘의 얼굴이 좋아 어제의 꼬리가 그리워
하나하나 떼어 내며 잎사귀 점치면
잎맥을 타고 소용돌이치는 예언, 폭포 너머로 이어지는
운명선
너의 처음이 몇 번째인지 까먹었다

톡톡 터지는 투명한 가재 알들에서
갓난 내가 기어 나오고
각자의 태몽을 안고서 흘러간다
물방울 되어 튀어 오르는 몸에 대한 예지

한날한시에 태어난 다른 운명의 손가락

눈물 흘리는 솜털들

나이테에서 태어난 다리에 주름 많은 새들이

내일이 말린 두루마리를 물고 올 때

오늘부터 삶이 시작되었다

점괘엔

나는 어제까지 죽어 있는 사람

* 권민경, 『베개는 얼마나 많은 꿈을 견뎌냈나요』(문학동네, 2018).

소문

권총을 갖고 있지 않아요. 나는 죽지 못했어요.

채찍 소리에 놀란 아기들이 울부짖고 꼬마들은 돌을 던져요.

부수지 못하게 붙들래요. 촛불을 들고 맴돌래요. 코끼리 코처럼 그림자가 길어져요.

사람들은 나에게 비틀어지고 구멍 많은 별명을 덧붙여요.

지평선 너머까지 이어지는 이름을 쫓아가고 싶지만

내일은 겨울이 올 전망 꽃들이 만발할 거란 예보

떠나지 못해요. 토끼풀 사이에서 내가 소문일 가능성을 발견한 날, 천둥은 치지 않아요.

호두가 떨어지고 껍질이 갈라지는 동안 내 몸이 벼락을 맞고 아득해져요. 꽃과 삶이 멀리멀리 떠내려가요.

도깨비불 손바닥이 굉음을 내고 팔다리는 여러 마을로 흩어져 다른 얘기가 돼요.

가장 처음 도착한 동네에선 횃불을 들고 달려오는 성난 어린이들.

내 그림자는 자꾸만 불어나요. 발가락과 멀어진 머리칼

이 소릴 지르고
　소머리 탈을 쓴 아이들이 무서워 눈물이 흘러요.
　입술에 빨간 칠한 어둠이 부리를 벙긋거려요.

　벙어리로 내 이름 말하고 몸서리치는 밤.
　새로운 그림자를 달고 일어나고 싶어요.
　어른들이 개머리판을 만들 호두나무를 찾아다니고 나는
아직 죽지 못했어요.

＊ 권민경, 『베개는 얼마나 많은 꿈을 견뎌냈나요』(문학동네, 2018).

내 시에 든 것

여기 빨간 망토 이야기가 있다. 의심 없이 집을 나선 빨간 망토의 아가씨는 화창한 날씨 아래, 아름다운 오솔길 위에서 심부름이라는 목표를 향해 나아간다. 그러던 중 두 갈래 길을 만난다. 모두 할머니 댁으로 가는 길이지만 한쪽 길은 지름길, 한쪽 길은 둘러 가는 길이다. 오랜만에 비타민 D를 합성한 빨간 망토는 조금 더 산책하고 싶어진다. 그래서 둘러 가는 길로 접어든다. 그 길 위에서 한 행인을 만나는데, 행인은 악의 없이 빨간 망토에게 잘못된 방향을 알려 준다. 빨간 망토는 친절한 오류에 따라 이제 오솔길이 아닌 신작로를 따라 걸어간다.

그런데 늑대는? 물론 늑대는 빨간 망토를 호시탐탐 노리고 있다가 빨간 망토가 자꾸 경로를 이탈하자 자신도 길을 잃고 만다. 늑대가 무심코 건드려 놓은 표지판은 잘못된 방향을 향해 있고 뻔한 장치에 따라 빨간 망토 역시 잘못된 길을 간다. 가도 가도 목적지는 나오지 않고 해는 저물어 가고 신작로에서 어느새 산 중턱 묘지 옆길로 접어든 지도 오래다. 빨간 망토는 이미 길을 한참 잘못 들었다는 것을 알았지만 스마트폰 GPS까지 먹통이다.

그런데 묘지 옆으로 난 오래된 길이 빨간 망토의 마음에 든다. 그녀는 이왕 이렇게 된 거 갈 데까지 가 보자고 마음먹는다. 그 길의 끝에 무엇이 있는지 알 수는 없지만 예감이 나쁘지 않았으므로 오늘 하루 동안의 우연과 필연에서 비롯된 접어듦을 받아들이기로 한다.

*

나는 늘 한 가지 사실을 잊어버렸다가 불현듯 깨닫곤 한다. 내가 시를 쓸 줄 모른다는 것이다. 자만하지 않기 위해서 의식적으로 그렇게 생각하기도 하지만, 사실은 정말 쓸 줄 모르는 것이 맞다. 시는 살아 있는 생물처럼 변한다. 스스로 털을 다듬기도 하고 배탈이 나기도 하고 자라거나 늙거나 회춘하기도 한다. 내가 잘 안다고 생각하는 부분은 시의 죽은 터럭 정도라서 금세 새로운 털이 자라는 걸 보고는 곧잘 당황한다. 설사 시의 털이 모두 다 빠져 버려도 또 다른 부분이 날 당황하게 할 것이다.

　시를 모른다고 지레 고백한 것은 나 혹은 시에 관한 이야기를 조금 편한 마음으로 헤 보고자 함이다.

*

　어릴 때는 마음이 아팠고 커서는 몸이 아팠다. 여러 번 앓고 나으면서 짬짬이 놀 수 있는 여유가 생겼다. 세상에 다시없을 정도로 진지하고 심각한 태도는 어렸을 때 충분히 취했으니 이젠 좀 까불고 싶다. 게다가 아직도 어리다니 이렇게 좋을 데가. 나는 서른이 넘어서 기쁘다.

*

　등단 이후 줄곧 시를 쓰게 된 동기에 대해 질문을 받는다. 그럴 때마다 나는 어리둥절해진다. 몇 번은 이런저런 그럴듯한 이유를 말했는데 그러고 나서도 뭔가 찝찝했다.

　어쨌든 시를 쓸 수밖에 없었다는 결론은 최근에서야 내린 것이다. 시에게 선택됐다기보다는 보이지 않는 압력에 의해서 여기까지 온 기분이다. 바람의 세기, 방향,

계절과 바닷물의 온도, 달의 크기, 그런 일련의 조건들이
표류 중이던 나를 한 방향으로 향하게 했다. 그저 그에
따라 헤엄쳤을 뿐인데 마침내 어느 섬에 도착했다. 육지에
닿았다는 사실에 안심할 새도 없이 이 세상에는 어떤 음모가
존재한다고 느꼈다.

　어쩌면 그 음모는 내가 아주 어렸을 적부터 시작된
걸지도 모른다. 돌고 돌아도 나는 어떻게든 결국 이 자리에
있었을 것만 같다. 빨간 모자가 가는 길, 모든 우연과 필연이
가리키는 방향에는 시가 있었다.

＊

　나는 주로 겪었던 일을 바탕으로 시를 쓴다. 사실을
그대로 옮겨 놓는다는 게 아니다. 내가 겪은 사건의 개요가
중요한 것이 아니라 그때 느꼈던 감정이나 어떤 낌새가
중요한 것이므로 필요 없다고 생각되는 부분들은 제거한다.
　가장 쉬운 말로 내가 느낀 감응을 전달하는 것이 나의
의도이다. 그 감응의 순간은 영원히 멈춰진 하나의 장면으로,
그다지 세련되지 못한 내 언어 속을 비집고 들어온다. 나는
별다른 가공 없이 내 속에 담긴 이미지를 일단 쏟아낸 뒤,
퇴고할 때 더 쉽고 절약된 언어를 쓰기 위해 고민하는

편이다.

이렇듯 나의 시작은 쏟아내는 일이다. 그렇게 하기 위해서는 반드시 시가 고여야 한다. 시가 고이기까지 마냥 기다리기만 하는 것은 아니다. 책을 읽고 글을 쓰고 이런저런 공부를 한다. 그리고 그보다 더 중요한 비중으로 논다.

노는 방법은 사람마다 다르다. 술을 마시며 한데 어울려 떠드는 일은 나로서는 노는 일이 아니다. 그런 일은 종종 나를 곤욕스럽게 한다.

배드민턴을 치고, 산책하고, 밤늦게 마트에 가고, 영화를 보고, 만화를 보고, 음악을 듣고, 예능 프로그램을 보고, 게임을 하고, 그림을 보고, 야구를 보고, 동물 병원을 가고, 패스트푸드점에 가고. 그런 시시콜콜한 일상들이 나에게 노는 행위이다. 이렇게 공부하며 놀다 보면 시가 고인다. 둘 중 하나라도 소홀히 하면 시는 아주 느린 속도로 고이는데 그럴 때는 꽤 애를 먹는다. 나는 실컷 놀고 실컷 공부해야만 하는 체질이라 그 둘의 비율을 조절하기 쉽지 않다.

시가 우연히 써지는 거라고 생각지 않는다. 저마다 시를 받는 몸을 만드는 방법이 있을 것이다. 시는 꽤 까다로운 편이라 준비되어 있지 않으면 오질 않는다. 습작기란 시가 찾아오기 좋은 상태의 몸을 만드는 시기라고 생각한다.

어디서 본 것들과 들은 것들, 그리고 내 목소리와 남의 목소리가 뒤섞인 낯선 음성이 내 시이다. 그 낯선 음성들이 모여서 하나의 군락을 이루고 있긴 하지만 목소리의 높낮이는 자꾸 변한다. 그 목소리 중 가장 아름다운 것을 찾고 싶다. 나의 음성은 세상에 존재하는 것들의 혼합체이지만 그것들이 모여서 세상의 것이 아닌 듯한 무언가가 써질 때가 있다. 그럴 때의 시는 결국 내 것도 남의 것도 아닌, 알 수 없는 무엇이다.

*

다시 말하지만 나는 시를 쓸 수밖에 없었다. 그 사실이 억울하면서도 기쁘다. 못생긴 전생의 짝을 다시 만난 것처럼 지긋지긋하고 정겹다. 현생에서도 인연이 닿았는데 시도 나보고 못생겼다고 하니 피장파장이다. 티격태격하면서 오래 같이 할 수 있길.

내 식성과 잠버릇, 산책의 강도와 여드름의 크기. 그런 모든 조건들이 계속 한 방향으로 향하길 바란다. 더불어 내 몸이 시를 쓸 수 있는 산성도를 오래 유지하길 빈다.

TMI 가득한 권민경의 일상과 유구한 종이책

권민경의 일상과 동영상 서비스 사이트

내가 유튜브나 트위치를 틀어 놓는 시간은 하루에 대략 6~8시간 정도이다. 주변 사람들과 비교해 봐도 나는 꽤 헤비한 동영상 시청자이다. 그 덕에 우리 집은 그 흔한 인터넷 티브이나 케이블 티브이가 없다. 사실 공중파 채널마저도 거의 보지 않는다.

업로드된 동영상이나 실시간 스트리밍을 보는 것만으로도 하루가 짧다. 여타 가정에서 보든 안 보든 티브이를 틀어 놓는 것처럼 나는 동영상을 틀어 놓는 것이다. 나는 동영상에서 흘러나오는 소리를 들으며 주로 빈둥거리고, 가끔 글을 쓰며, 여러 밀린 일들을 한다. 안사람

또한 같은 패턴의 생활을 하고 있다.

동영상 시청이라고 하면 흔히 컴퓨터나 핸드폰을 이용한 시청을 생각할 테지만 우리는 티브이로 영상을 본다. 스마트 티브이에는 쉽고 편하게 유튜브나 트위치를 이용할 수 있는 앱이 마련되어 있다. 그러므로 이제까진 티브이를 시청한다는 말이 공중파나 케이블 방송을 본다는 뜻으로 통용되고 있었으나, 이제 동영상을 본다는 뜻까지 내포해야 할지 모른다.

케이블 티브이의 시대가 열리면서, 아주 많은 채널과 선택권이 생겼다고 생각했다. 그런데 동영상의 시대에는 그것이 더욱 세분화된다. 다양한 분야의 방송이 매일 진행되고 있으며, 시청자는 그것을 카테고리뿐 아니라 방송하는 사람이나 채널의 성격에 맞게 선택할 수 있다. 나의 예를 들자면, 트위치에서는 종합 게임 방송인 풍월량의 방송을 시청하며, 유튜브에서는 개, 고양이 등의 반려동물 채널 몇몇, 그리고 케이팝 아이돌 채널 몇 개를 구독하고 있다.

유튜브 시청 이전에 나의 가장 큰 취미는 게임이었다. 대담 등에서 자주 밝힌 바지만 책 읽기 외에 나의 가장 오래된 취미는 게임으로, 나는 게임 또한 매우 장시간 즐기는 편이었다. 점점 체력이 나빠지면서 전처럼 열두 시간씩 게임을 할 수 없게 되자 이제 내가 직접 플레이 하는 대신, 남이 게임하는 것을 보면서 즐기게 된 것이다.

내가 게임을 직접 하는 경우에는 커뮤니티나 게임성이 그 게임을 해 보기로 결정하는 데 중요한 영향을 끼치나, 게임 방송에서는 게임을 하는 방송인의 게임 실력이나 방송을 이끌어 가는 순발력이 더 중요하다. 풍월량이라는 스트리머는 게임 자체의 실력은 별로이나 방송을 재미있게 진행하는 편이다. 즉 게이머의 실력을 보고 게임을 배우거나 놀라워하는 것도 게임 방송의 중요한 요소이지만, 그 외 재미 요소가 방송을 보게 하는 요인이 될 수도 있는 것이다.

그래서 문학은 어디 있나

동영상을 시청하는 것 자체가 내 글의 형식을 바꾼다고 말할 수는 없다. 물론 어릴 때부터 이런 문화를 접하고 자란 세대는 나와 다르리라 보지만, 내게는 아직 흑백 티브이(애초 컬러였으나 고장 나 흑백이 된)에서 시청하던 「유머 일번지」와 「쇼 비디오자키」의 영향이 더 크다. 또 글을 읽지 못하던 시절에, 바쁜 부모님 대신 책을 읽어 주던 동화책

카세트테이프, 글을 읽기 시작하면서부터는 단칸방 한 면을 가득 채웠던 (때로는 어린이가 읽어서는 안 되는 내용을 담은) 책들, 늦은 밤 잠들기 전에 엄마가 틀어 놓았던 이문세의 「별이 빛나는 밤에」, 엄마가 서울에 갔다 오면서 시장에서 사 오던, 불법 복제 리어카판 클래식 테이프 등이 나의 정서의 기반이다.

그 위에 홍콩영화, 일본만화, 그리고 PC통신부터 이어지던 게임, 뒤늦게 좋아하게 된 메탈, 꽤 초창기부터 들었던 한국 힙합 등이 내 정서라는 동굴에 종유석이나 석순처럼 돋아났다.

그러므로 PC가 우리 집에 등장하기 전에 대부분 아날로그의 방식으로 행해지던 내 정서 함양과 달리, 디지털의 방식으로 함양되는 후배 세대들의 정서는 다른 모양임이 분명하다. 그들이 쓰는 글이 번개 모양일지, 와이파이 모양일지 몰라서, 미래 예술가들의 작품이 궁금해지는 것이리라.

문학을 이용하는 방법 1

나는 종이책 출판은 오랫동안 이어지리라 생각한다.

종이책 자체가 인간의 문화로 굳어진 지 오래이며 여전히
많은 수의 문학이 종이책에 담기는 것을 기본값으로 하고
있다. 그리하여 다른 매체가 생기고 디지털 매체 전문 문학도
있지만 그것이 종이책의 종말을 의미한다고 보진 않는다.

아직까지 모차르트와 베토벤이 연주, 향유되고 있으며,
거슌이 나오고, 혹은 비틀즈가 나왔다고 해서 오래된 클래식
음악의 문화가 한순간에 없어지지 않는 것이 하나의 예시가
될 수 있겠다.

이렇듯 내가 막연히 미래의 출판 시장을 그리면서,
종이책을 빼놓지 않는 것은, 종이책을 못 잃는 개인적 취향
때문이기도 하지만, 종이책이 그 성과가 비교적 공평하게
배분될 수 있는 시스템을 갖췄기 때문이기도 하다.

물론 독자와 작가가 지닌 도서 정가에 대한 견해는
다르겠으나, 책값은 다른 문화를 향유하는 값에 비해 싼
편이며, 책은 향유를 위해 필요한 인프라도 많지 않다.
비록 동네 서점에서 책을 사던 문화가 인터넷 서점 등에서
구입하는 문화로 옮겨 간 지 오래이긴 하지만 아직 두 가지
판매처 모두가 공존하고 있다.

최근 대형 서점이 아닌, 소규모의 독립 서점이 많이
생기는 것은, 어쩌면 종이책을 경유한 문학을 향유할 수 있는

방법이 계속 고민되고 있으며, 그것은 종이책이 살아 있음을 말해 주는 반증이 아닌가 싶다.

또한 도서관에서는 여전히 많은 수의 종이책을 서비스 중이다. 이러한 상황이기에 공공 도서관 책 이용 횟수에 따른 저작권료 지급에 대한 논의는 더욱 활발하게 이루어져야 한다.

음원이 스트리밍될 때 음악가에게 일정한 수입이 분배되고, 유튜브 동영상이 일정 이상 시청되면 광고가 붙는 것과 같이 문학에도 그러한 시스템이 필요한 것이다. (물론 음원도, 동영상도 아직 창작자에게 불리한 수입 분배 시스템이다. 그러나 문학은 그마저도 없다는 것이 더 큰 문제가 아닐까.)

문학을 이용하는 방법 2

많은 사람들이 즉 스마트폰을 들고 다니는 시대이다. 인터넷 플랫폼을 매개로 하는 웹소설이 주로 읽히는 시간대에, 직장인의 출퇴근, 학생들의 등교 시간이 있다는 것은 흥미로운 사실이다. 이런 추세에 걸맞게 순문학에서도 짧은 소설이 유행했고, 다 죽은 줄(!) 알았던 시가 다시 읽히기 시작했다. 짧고 빠르게 문학을 소비하는 분위기가 형성된 것이다. 그러나 이는 그만큼 우리에게 여유가 없다는 반증일 수도 있다. 우리 사회는 좀 더 경쟁적인 분위기가 되었고 더 빨리 움직여야 살아남을 수 있다는 분위기가 형성된 것이리라.

누구의 책임인가를 묻는다면 그것에 제대로 답변하는 사람은 없다. 문학의 주요 소비층인 10대 후반에서 40대 초반까지의 일상은 늘 바쁘다. 스펙 쌓기, 주어진 일하기, 쏟아지는 정보를 받아들여 부자 되기에 24시간이 부족하다. 그러니 취미 생활에 주어지는 시간은 당연히 줄어들 수밖에 없다.

어쩌면, 순문학의 독자 중 일부는 독서 자체를 스펙 쌓기로 여길지도 모를 일이다. 하지만 그걸 나쁘다고 말할 순 없겠다. 어떤 이유가 되었든 일단 소비해 주신다면 땡큐인 저자의 입장이므로.

다행히 텍스트의 생명력은 강하다. 인접 장르와의 연계성 덕분이다. 구글인디게임 페스티벌 2019에서 1위를 차지한 게임 「서울 2033」은 최소한의 일러스트 외에는 모두 텍스트로 이루어진 게임이다. 텍스트를 읽는 능력이 떨어지며, 글이 길어지면 지루함을 느낀다는, 요즘 세대에

ǁ 게임 제목 자체를 소설 『메트로 2033』에서 따왔다.

대한 비판의 지점과는 달리, 이토록 텍스트 많은 게임이 인기를 끌었다는 것은 자못 흥미롭다.

「서울 2033」은 우리에게 익숙한 배경인 서울에서 일어나는 일에 대해서 그린 어드벤처 게임이다. 게임을 보면서 느낀 점은, 독자들이 아직 서사와 이야기를 찾고 있으며 그것을 즐긴다는 점이었다.

동시에 어릴 적 보았던 게임북을 떠올렸다. 게임북은 선택에 따라 페이지를 바꿔 따라가야 하는 책이다. 일정한 결말이 정해져 있는 보통의 소설과 달리, 각자 다른 결말이 존재한다. 그렇다면 왜 순문학적 가치를 가진 게임북은 아직 나오지 못했던 것일까? 그런 질문들이 계속 맴도는 까닭은, 어떤 선입견이나 꽉 막힌 생각들이 우리를 자유롭지 못하게 하는 게 아닐까 하는 생각이 들었기 때문이다. 종이책이라는 것은 문학의 바짓가랑이를 붙잡는 선입견일까 아니면 영원한 친구일까.

계층의 문제

어쨌든 충실하고 끈덕진 순문학의 독자들은 아직도 느린 속도로 종이책을 소비하고 있다. 나는 전자책을 먼저 소비하고 전자책이 출간되지 않았을 경우 종이책을 사는 편이다. 단지 전자책이 싸기 때문이 아니라, 주거가 안정되지 못한 상태라 몇 번의 이사로 종이책이 얼마나 큰 짐인지 깨달았기 때문이다. 우리 삶과 사회의 세테가 책의 소비에 얼마나 큰 영향을 미치는가에 대해 몸소 체험한 예시이다.

주거 안정을 위해 전자책을 소비한다는 것은 어쩌면 계층의 문제와도 연관되어 있을지 모른다. 그런데 계층의 문제는 정반대로, 극도의 디지털화로 인해서도 발생한다.

내가 미래의 예술에 대해 호의를 갖고 지켜보는 것과는 별개로, 세대, 혹은 자본에 의해 디지털화에 뒤처진 사람들이 겪어야 할 소외가 걱정된다.

만원 기차 안에서 서서 가는 사람이 대부분 노년층인 이유는 온라인 예매 시스템을 사용하지 못해서라는 기사를 본 적이 있다. 문화의 혜택과 편리함을 누리는 사람은 당연히 그것에 익숙한 사람일 테고 그렇지 못한 사람들은 불편을 겪을 수밖에 없다.

이것이 비단 열차 예매에 그치는 문제인가에 대해서는 생각해 볼 문제이다.

앞서 말한 것처럼, 내 하루 동영상 시청 시간이 늘어난 것은 스마트 티브이 덕이다. 다소 고가인 이 가전제품을 구입하는 것은 선택의 문제이다. 또한 동영상 시청은 PC나

핸드폰을 이용할 수 있다는 대안도 존재한다. 그렇기에
유튜브에서 장년 이상 층의 시청률도 낮지 않은 것이리라.

그러나 앞으로 고가의 가전제품이 더욱 발전한다면 이에
따라 문화의 선점, 문화를 접하는 속도, 편리성 등이 더
다양하게 차별화될 것이다. 그것이 일종의 권력이 될 가능성
역시 무시할 수 없다.

유구한 종이책과 함께

짧은 분량 안에 이것저것 담고 싶어 욕심을 낸 결과,
오히려 글의 갈피를 못 잡았다. 이런 형편인데, 내가 감히
문학의 미래, 혹은 종이책의 미래를 점치는 것은 주제 넘는
일일지 모른다. 그럼에도 몇 가지 허술한 결론을 말해 보고자
한다.

종이책과 더불어 다양한 매체의 책을 접할 수 있는 환경을
위해서는 사회적 인프라가 필요하다. 물론 그 인프라는 많은
이가 공평하게 접근 가능해야 한다.

그리고 아직 아날로그 시대를 사는, 혹은 아날로그가
취향인 사람들에겐 이렇게 말하고 싶다.

뒤처지는 것을 두려워하지 마세요. 그리고 동시에, 앞선 것들에 대해 편견이나 혐오를 갖지 마세요. 두 가지를 지키면 우리가 어떤 기술 과학의 공격을 받더라도 파피루스 시대, 혹은 동굴벽화 시대부터 이어져 온 우리의 '클래식'인 종이책과 함께 행복할 수 있으리라.

어여쁜 혹들

시는 몸으로 쓰는 거라는 말에 공감한다. 그걸 늦게
알았다. 늘 그렇듯 나는 늦된 편이다.

종양이 잘 생기는 체질이 있다는데 내가 그런가 보다. 첫
수술은 스물한 살. 10년이 지난 지금도 어딘가에 새로운 혹이
생겨난다. 그것들은 내가 어렸을 때부터 자라고 있었을지
모른다.

혹들을 생각하면 애틋하다. 너무 늦게 발견했거나
너무 일찍 발견한 것들. 내가 없었으면 혹도 없었으리라
생각하므로 그것들도 내 일부인 셈이다.

진단서에서 처음 '상세 불명의 신생물'이라는 말을 봤을

때, 이상하게도 재미있었다. 그 감정은, 앞으로 또 다른 양성이거나 악성인 신생물을 마주했을 때 내가 취할 수 있는 태도를 예고한 것 같다.

나는 가족들에게 농담조로 새로운 병을 알리곤 했다. 너는 혹부리 여자인가 봐, 하는 식이었다.

(신체에 대해 이야기하고자 했던 건 아닌데, 근래에 발견된 새 종양 때문에 그 생각에 골몰하는가 보다.)

내 몸은 시를 담는 자루이다. 그 자루 안에 시가 고이려면 여러 가지 일을 해야 한다. 책을 보고, 놀고, 산책하고, 놀고, 한밤에 배드민턴을 하고, 맛있는 것을 먹는 식으로. 시시콜콜한 일상이 모두 시가 되는 건 아니지만 시의 거름이 될 수는 있다. 나에게는 공부하는 것만큼 노는 게 중요하다. 내 종양들은 내가 섭취한 유기농 음식과 정크 푸드, 우스운 농담과 화가 나는 진담, 신나는 유희와 지겨운 노동을 모두 흡수하면서 자라났다. 시편도 그렇게 자라서 내 몸 밖으로 잘려 나온다. 그런 의미로, 이런저런 나를 견뎌 준 시가 고맙다.

우리가 세상의 입장에서 하나의 종양이라면, 기왕이면 귀엽고 좋은 종양이 되고 싶다. 종양이라고 다 진저리쳐지는 것이 아니라, 내가 처음 상세 불명의 신생물을 마주했을 때 느낀 감정처럼 신기하고 궁금하며 알 수 없는 대상이 될 수도 있다. 나의 시도 그랬으면 좋겠다.

언젠가 이런 농담을 했다.

나의 몸이 모두 닳아 없어지고 손가락 하나 남았을 때에도 종양은 같이 있을 거라는 말. 그렇게 내가 손가락 하나 겨우 남았을 때까지도 내 시가 함께 있어 주기를.

초신성

'초신성(超新星)'은 새로운 별이라는 뜻의 이름을 갖고
있지만 실은 생의 막바지에 이른 별이다. 최후의 폭발
에너지로 아주 밝은 빛을 내는 별. 아이러니하고 애틋한
녀석이다.

어릴 적 나는 눈물이 많은 아이였다. 남들보다 감수성이
예민했던 게 사실인데, 그런 특성을 아무에게도 존중받지
못했다. 잘 우는 아이는 친구들에게 놀림거리였으며,
부모님들조차 그런 점을 흠으로 삼았다. 별명은
'두부살'이었다. 건드리면 운다는 의미였다.

부모님은 종업원 없이 단 둘이서 중국요릿집을 운영했다.
가게가 바쁠 때에는 유치원생이었던 나도 심부름을 가야

했다. 주로 목이버섯이나 두부처럼 항시 구비해 둘 수 없는 것들을 사 오는 일이었다. 감수성이 풍부한 데다가 주위도 산만한 아이가 가져온 두부는 대개 부서져 있었지만, 중국요리에 들어가는 두부는 다행히 모양을 그대로 살릴 필요가 없었다.

한 사람에게 허용된 부주의와 눈물의 한계선이 있다. 그 끝이 어디까지인지 헷갈려 하며 어른이 되었다. 지금도 종종 그렇다. 그런 어리둥절 사이에서 부서지는 건 두부가 아니라 마음, 팡 터지는 건 초신성 같은 눈물이다.

첫 시집의 시인에 말에 이런 글을 썼다.

주장: 눈물이 많은 건 인정. 그러나 가려서 움.[12]

아직도 눈물이 많지만, 가려서 운다는 것 정도로 나는 세상과 타협했고 그럭저럭 적응해서 살고 있다. 이제 두부살이라고 불리기는커녕 오히려 강해 보인다는 소리를 듣는다. 새로 태어난 별이라는 뜻과는 반대로 최후의 별을

---

12 권민경, 『베개는 얼마나 많은 꿈을 견뎌냈나요』(문학동네, 2018).

의미하는 초신성처럼, 나는 부서지지 않는 두부. 나 또한 아이러니한 녀석이다.

많은 사람이 상반된 특성을 품고 살고 있을 것이다. 때로는 자신의 타고난 성격을 억누르기도 하고, 반대로 없는 것들을 있는 척하며 지낼 터이다. 그럴 때가 바로 쓸쓸함이 탄생하는 순간이 아닐까. 사람을 이해한다는 것은 그런 쓸쓸함까지 짐작하는 것인지, 아니면 그런 것을 미루어보지 않고 보이는 자체로 이해하는 것인지, 아직 잘 모르겠다.

타인을 완벽하게 이해한다는 것은 불가능하고, 심지어 부모 자식 간에도 그러하다.

그러나 나는 '시인의 마음'만큼은 이렇게 이해하고 있다. 자주 팡 터지고 산산조각 나기도 하는 것. 다만 폭발 잔해 속 가스로, 새로운 별이 태어나리라는 일말의 가능성을 갖고 살아가는 것.

다행히 눈물이 많은 게 흠이 아닌 직업을 갖게 되었다. 그런 어른이 되었다. 신난다. 울음이 허락되니 오히려 울지 않는 밤들이다. 이제 나를 위해 우는 날들보다 남을 위해 우는 날들이 많다.

요즘은 추모에 대한 시를 많이 쓰는 편인데, 다소 해맑은 톤의 「초신성」이라는 시에도 그런 마음이 담겨 있다.

초신성은 죽음의 순간을 맞이한 별이고, 나는 영영 유년과 이별하여 가깝고도 먼 죽음으로 향하는 중이다. 쓸쓸한 어른은 이제 장례식에 가서 두 번 반 절을 할 줄 안다. 그러나 그런 예절과 형식 뒤의 죽음을 마주한 나는 늘 뼈저리게 눈물 흘린다. 어떤 언어와 격식을 뛰어넘는 눈물과, 자주 슬퍼지던 마음에 대해서 생각한다. 나는 그렇게 생겨 먹은 별임을 의식한다.

당신이 당신으로 있을 수 있도록 대신 울어 주거나 같이 울어 줄 사람, 그게 내가 되고 싶은 사람이다. 모든 시에 다정한 어깨가 존재한다면, 당신은 언제든 눈물을 팡 터뜨려도 좋을 것이다.

초신성

저 검은 봉지에 뭐가 들어 있을까 삐죽삐죽 볼록한데
설마?

아마 팔 다리
돋기 이전부터 그 모양
나는 훔치고 부수고 때리고 모든 내게 불 질러서
활활 타올랐다
밤나무 숲
플라스틱 타는 냄새
그때 마신 유해가스가 한아름

심부름 가던 재료 상회에서
두부 한 모 주세요 목이버섯도 주세요 했지만
나는 목이버섯을 모르고

포자 속을 헤맸다
중국집 딸의 어리둥절
그런 것도 마음을 구성하는 일부인가
먼지, 가스

포자처럼 우주에 퍼지는
별의 씨앗

텐트를 사면 사은품으로 주던 쌍안경
흐린 초점 맞추며 생각했다
저기에선 어떤 눈물이 팡 터질까
이곳에선 울면 재수없어
두부살 두부살 놀림받습니다

언젠가
나에게서 출소한 날을 기념하자
생두부는 싫으니 마파두부로다가……

검은 봉지에서 부스럭
별명은 두부살
나는 자주 마음 박살 나고 눈물도 쏟았다

* 권민경, 『꿈을 꾸지 않기로 했고 그렇게 되었다』(민음사, 2022).

나의 나 도슨트

권민경 도슨트 축제를 시작합니다. 미술관에서 작가가
직접 도슨트 역할을 수행하는 건 보지 못했어요. 작가와의
만남은 봤지만요. 지금 저는 유체 이탈이라도 한 것 같은
기분으로 내 작품과 사진을 설명하는 도슨트가 되어 보려고
합니다. 아마 잘 안 될 것 같습니다.

먼저 전시되어 있는 시를 함께 돌아보겠습니다. 혹시
도슨트에게 궁금한 점이 있으신 분은 언제든 질문을 해
주셔도 됩니다.

제일 처음 보실 시는 「밑천」인데요, 읽어 보겠습니다.

나는 날 벌려 보일 참이다
장기를 몇 개 꺼내 보인 후이니
영과 혼을 디피할 셈이다
어떤 것이 힙할지
어떤 것이 맛있을지

알고 지낸 의사가 여럿 닥터와 닥터 사이에서
불꽃이 인다
멍청한 나란 환자를 사이에 두고
서로 만나지 않고도 싸움을 벌이네
투명한 장수들
투명한 의료진

투명: 여러 번 얼버무린 미신

자주 빨개진
몸 내보이는 건 어렵지 않으니
이제 진짜 나를 늘어놓는다
가위를 넣은 채 꿰맨 배
코발트블루(#003FFF), 지리멸렬과 생각의 연산, 뒤죽박죽
촛농의 알고리즘을

셈 못하는 군수업자가 천억을 들여 장만한

쾅! 을

―「밑천」[13]

이 시는 2019년 4월 23일에 시작된 작품입니다. 늘
그렇듯 작가가 핸드폰 메모장에 적어 두었던 것을 시로
옮긴 것인데요. 어떤 전시, 혹은 시집의 여는 글로 기획했던
글이라 도슨트 대축제에 어울릴 것 같아 제일 먼저 함께 읽어
보았습니다.

권민경 시인은 주로 메모장에 초고를 쓰는 편인데요,
처음에는 시라기보다는 그저 메모에 가까운 글을 적어
두었다가 시간이 흐른 뒤 컴퓨터로 옮겨 와 고쳐 쓰는
편입니다. 간혹 처음부터 끝까지 메모장에서 완성되는
경우도 있으나 대부분 여러 번 수정을 거치는 편이고요.

제 첫 번째 시집에서는 몇 번의 수술과 앓는 과정을 시로
보여 주었던 것과 달리, 이후에는 몸이 아닌, 영과 혼에
대해 써 보겠다는 출사표 같은 시가 바로 이 「밑천」이라는
시입니다.

13 권민경, 『꿈을 꾸지 않기로 했고 그렇게 되었다』(민음사, 2022).

그것이 이 시의 첫 부분에 잘 나타나 있습니다.

나는 날 벌려 보일 참이다
장기를 몇 개 꺼내 보인 후이니
영과 혼을 디피할 셈이다

다음 함께 읽을 시는 「무신론자」입니다. 일단 읽어 보고
이야기를 나누어 보겠습니다.

뮤즈를 믿지 않는다 S를 그렸다 그래도 믿지 않는다 덧칠
하고 감탄했다

오랜 싸움에서 승리한 사람들이 돌아온다 그건 개들이 먼
저 알았다 짖었다 정이 많음에도 일단 경계
　　태세를 늦추지 않는 반가움과 경고음
　　모두 같은 소리로 와락 달려든다

그림을 그리던 손도 그들을 맞이했다 개만도 못하지만 어
딘가 쓸데 있을까 번쩍 들어 흔든다 자랑스럽다 나 아닌 너
　　신이 어린 병사를 보우하사 집으로 되돌려 놓으셨다 돌려
놓아지지 못한 사람들은 어디론가 흩어졌다

행방을 좇는다면 CCTV를 돌려 볼 것 묘한 소리를 내며 뒷
걸음질하는 사람들 내년까지 돌아가 출정식을 벌인다 후년
에는 태어날 것이나 태어났으니 다시 늙어 갈 것이다 그때를
향해

싸움을 준비하며 먹고 잠자고 배우자 골머리 썩히자 그동
안 마주치는 눈동자가 있을지니
첫눈에 반하게―

―워닝 무시할 것
S는 그림, 큐피드는 고민한다 사랑은 태어나기 전이다
――「무신론자」[14]

이 시도 우연히,「밑천」과 같은 2019년 4월 23일에 첫
메모한 시입니다.
신을 믿지 않기 때문에 예술에 뮤즈가 있다는 것도 믿지
않는 사람에 대해 쓴 시입니다. 여러분은 예술에 뮤즈가
있다고 생각하시나요? 권민경 시인은 정확히 말하자면

---

14 『꿈을 꾸지 않기로 했고 그렇게 되었다』(민음사, 2022).

뮤즈가 없다고 믿는다기보다 하늘에서 내려오는 영감이 없다고 믿는 사람이고요. 그때그때 시의 동력이 되는 뮤즈는 있다고 믿는 편입니다. 아이돌이든, 애인이든, 고양이든, 뮤즈는 그때그때 바뀌고요. 다만 뮤즈란 말 자체가 갖는 함의에 거부감을 느끼는 편입니다. 뮤즈 때문에 예술이 내려오고, 그 결과물이 예술 작품이라곤 믿진 않기 때문이에요. 권민경 시인은 자기중심적이라, 뮤즈도 자신의 안에서 만든 어떤 상이라고 생각합니다. 권민경 시인은 시 쓰는 것을 자주 그림이나 사진에 비유하는 편입니다.

권민경 시인의 두 번째 시집 『꿈을 꾸지 않기로 했고 그렇게 되었다』에서는 S라는 이름을 자주 찾아 볼 수 있는데요. S는 권민경 시인과 직접 만나서 상호 소통하는 존재가 아니기 때문에, 이 시에서는 S가 그림이라고 표현되었습니다. 그럼에도 권민경 시인은 S라는 사람에 대해 생각하고 고민합니다.

앞서 권민경 시인은 신을 믿지 않는다고 말했습니다. 시 제목도 '무신론자'인데 끝 부분에는 큐피드가 나오는 것도 이 시에서 주목할 만한 점입니다.

큐피드라는 신은, 사색을 즐기기보다는 주로 날뛰는 이미지로 그려지지요. 그런데 이 시의 큐피드는 깊은 생각에 잠겨 있습니다. 누군가에게 열중하는 행위에는 늘 복잡한 고민이 뒤따르고는 하지요. 타로카드를 보신 분들이 계신지 모르겠는데, 타로 점을 보면, 종종 어떤 카드는 연애운을 상징합니다. 그런데 연애운의 해석도 여러 가지라, 육적 연애도 있고 정신적 연애도 있고 아니면 고민을 수반한 연애의 상징도 있어요. 이 시에서 S가 소통하는 대상이라기보다 관찰당하고 명상당하는 그림 같은 존재인 것처럼, 이 시의 큐피드는 고민하는 큐피드입니다.

사실 권민경 시인은 신을 믿는 자를 부러워한답니다. 어떤 것에 몰두한다는 것은 늘 행복한 일이기 때문입니다.

그럼 다음으로 권민경 시인의 사진 작품을 살펴보겠습니다.

자칭 미술평론가인 권민경 시인은 시를 시각예술의 일환으로 독해하는 것에 큰 흥미를 갖고 있다고 합니다. 그래서 본래 전시되고 감상되는 시각 예술 작품을 여기서 시와 함께 여러분과 나누고자 생각했고요. 여러분들이 시 전시를 감상한 뒤 그와 비교하여 시각 작품도 함께 살펴보시면 어떨까 생각했습니다. 두 장르의 차이를 생각해 보는 것도 좋고요, 반대로 두 장르가 이미지라는 공통점을 갖는다는 점을 눈여겨보는 것도 좋겠네요.

다음 작품은 권민경 시인의 「마음: 이상한 나무」라는

제목의 사진 시리즈 중 한 점입니다.

　권민경 시인은 주로 이상한 느낌을 주는 나무들을
찾아 셔터를 누르곤 하는데요. 그 사진들에 '마음: 이상한
나무'라는 제목을 붙였습니다.

　작가가 자신의 두 번째 시집에서 영과 혼에 대한 이야기를
해 보겠다고 선언했듯이, 마음의 문제 또한 권민경 시인의
예술 세계에서 중요한 화두입니다.

　이 사진은 2018년 6월 28일 오후 7시 20분경 촬영된
사진입니다. 하지에서 얼마 지나지 않은 후라 날이 길어서
저녁 7시 20분이 넘었는데 환한 상태입니다.

　사진 촬영 시 매직아워, 혹은 골든타임이라고 불리는
때가 있어요. 해 지기 한두 시간 전부터인데요. 이 작품도
그 시간대에 촬영된 사진입니다. 보다시피 여름에 찍힌
사진이지만, 이 사진의 중심이 되는 나무는 주변과 달리
잎사귀가 없습니다. 다 자란 나무가 이렇게 헐벗은 것은
병을 얻었기 때문일 수도 있겠습니다. 죽은 나무라고
할지라도 삶의 관성을 갖고 그 자리를 지키고 있는 모습이
인상적입니다.

　권민경 시인은 이것을 죽은 것도 같고, 살아 있는 것도
같은, 우울이라고 표현하기에도 애매한 마음과 같다고
생각했고, 이 작품을 「마음: 이상한 나무」 시리즈의 1번으로

정했습니다.

권민경 시인이 가장 좋아하는 사진은 시리즈의 2번 작품인데요. 이사와 함께 작품이 유실되어 여기서는 나누지 못하게 되었다고 하네요. 아쉽습니다.

그럼 다음 사진을 살펴보겠습니다.

이효영 사진가의 「허니문」이라는 시리즈 중 세 점을 선보입니다.

「허니문」 시리즈는 권민경 시인이 안사람으로 지칭하는 남편 이효영 사진가의 시리즈입니다. 권민경 시인도 '허니문'이라는 제목을 단, 발표하지 않은 시를 갖고 있습니다.

권민경 시인과 이효영 작가는 성남에서 신혼 생활을 시작했는데요, 분당의 50년 된 임대 아파트에서 3년 좀 안 되는 시간을 보냈습니다. 흔히 언론에서 다뤄지는 임대 아파트보다 조금 더 형편이 좋지 않은 사람들이 사는 곳이라고 생각하면 편하겠습니다. 처음 들어갔을 때는 바로 전에 살았던 사람들이 너무 더럽게 살다 나간 탓에 고생을 좀 했다고 합니다.

집은 바퀴벌레의 천국이었습니다. 그 둘이 입주하기 전, 문 앞에서 쥐를 봤다는 이웃의 증언도 있었죠. 신혼 기간은

누군가에게는 꿈과 같은 기간이지만, 누군가에게는 여러 가지 아주 현실적인 문제에 부딪치는 기간이기도 합니다. 이효영 작가는 「허니문」이라는 작품을 촬영하면서 그런 아이러니를 느꼈고, 또 예술가 부부의 삶에 대해서도 생각하기에 이르렀습니다. 그럼 작품을 보겠습니다.

더러운 창문 밖에 아슬아슬하게 매달려 있는 두 마리 비둘기 사진은 마치 젊은 부부 두 사람을 상징하는 듯 합니다……라고 말하는 건 정말 억지로 설명할 때나 쓰는 말이겠고요, 그냥 아름다워서 찍은 사진입니다.

그리고 더러워 죽겠는 방 사진도 아주 현실적인 동시에 추함의 미학이 있어서 찍은 거겠지요. 이 사진들은 모두 꾸며 내어 찍은 것이 아니니, 권민경 시인이 어떻게 살고 있는지

들여다 볼 수 있겠습니다. (이사 후에는 잘 치우고 산다고
합니다.)

집 실내를 촬영한 사진은 「허니문」 시리즈의 여러 다른
사진들과 함께 성남아트센터 미술관에서 진행되었던
'성남의 얼굴전 ─ 집' 전시에 전시되었던 바 있습니다.

마지막으로 한 젊은 사진가의 사진을 함께 보겠는데요.
위 사진들은 이미 작업된 것들을 가져온 것이라면, 이
사진가에게는 제가 특별히 이 글을 위해 청탁하였습니다.

제목은 「조개의 방식」 1,2고요. 2019년 9월부터 작업한
작품입니다.

자신의 시라 하면 떠오르는 이미지가 무엇이냐는
권민경 시인의 질문에 이 사진의 작가 송주현 씨는 조개를
떠올렸다고 합니다. 우리는 흔히 조개가 아름답다고
생각하고 줍지만 그것은 사실 죽은 조개의 껍데기일
뿐입니다. 그러니까 반짝이고 즐거운 언어를 쓰고 있지만,
결국 죽음을 되돌아보게 만드는 글, 그것이 권민경 시인의
시라고 송주현 사진가는 말합니다.

송주현 사진가는 계원예대 사진과를 졸업하고
사진 작업을 하고 있는데요. 그는 소설가 송지현 씨의

친동생이기도 합니다. 그들과 권민경 시인의 시에 관한
일화를 소개해 드리겠습니다.

　권민경 시인의 첫 시집 『베개는 얼마나 많은 꿈을
견뎌냈나요』에 실린 「안락사」라는 시가 있습니다. 한
고양이의 죽음을 추모하며 쓴 글인데요. 권민경 시인은
죽음은 동물이든, 사람이든 모두 필연적으로 겪어야 하는
것이기에 모든 생명은 같은 병을 앓고 있다고 생각합니다.
그러므로 누군가를 추모하는 일은 곧 자기 자신을 위한
것이라 여기고 있습니다.

　「안락사」라는 시를 읽어 보도록 하겠습니다.

　커튼 뒤에서 잃어버린 어제를 찾았죠. 베개는 얼마나 많은
꿈을 견뎌냈나요. 머리맡엔 단단한 구름과 말캉한 악몽이 쌓
이고, 기억들을 팡팡 털어도 베개는 풍성해지지 않아요. 부풀
어 오르지 않아요. 걸어온 길들은 푹 꺼져서 다신 되돌아오지
않아요.

　침대는 흰 배를 내놓고 앉아 있어요. 커튼을 치면 종기처
럼 별이 돋아나고 터진 잠 속에서 깃털들이 솟구쳐요. 재채기
가 나와요. 콧등은 주름지고 우리의 날들도 구겨져요. 지폐를
구기면 낯선 얼굴이 우릴 바라보는 것처럼 구겨진 삶이 우릴
바라보고 웃고 울어요. 그 새침하고 가여운 얼굴 속에서 혀를

날름거리고 눈물도 흘려요.

　바뀐 요일을 입으면 기운이 새로 솟아요. 오늘 자고 일어나면 또 얼마나 열매가 많은 날이 펼쳐질까요. 얼마나 많은 잘린 머릴 목격할까요. 별들이 태어나고 숲이 타오를까요. 이 한잠만 자고 일어나면……

　부러진 나무들이 일어나요. 번개가 기지개 켜요. 온 들판에 불이 일고, 우리의 수많은 잠들이, 꿈들이 하나하나 낯익은 얼굴이 되어 찾아와요. 못다 한 인사를 커튼 뒤에 감추고

　　나는 잠들기 전에 내가 가진 모든 하루를 생각해요.

　　　　　　　　　　　　　　　　　　　—「안락사」[15]

　송지현, 송주현 자매에게는 사랑하는 고양이를 잃은 슬픔이 있습니다. 어느 날 두 사람은 술을 마시면서 권민경 시인 시집을 번갈아 낭독하고 있었는데요. 이 「안락사」라는 시에서 '개오열'을 했다고 합니다.

　늦은 밤, 두 자매의 오열이 떠올라, 슬프다기보다 재미있다는 생각이 듭니다. 술김이긴 하지만, 어쨌든 무엇을 추모하는 시라는 의미가 잘 전달된 것 같습니다.

　권민경의 시에 나타난 그런 죽음의 이미지를 생각하니,

15 권민경, 『베개는 얼마나 많은 꿈을 견뎌냈나요』(문학동네, 2018).

송주현 씨는 자연스럽게 조개를 떠올리게 되었습니다. 물론 송주현 사진가가 거주하는 곳이 강원도 동해이고, 그곳이 바닷가라는 사실도 영향을 주었겠지요.

또 사담인데, 송주현 작가가 카페 알바를 하면서 틈틈이 조개를 주우러 다니자, 카페 주변의 서핑 가게에 소문이 났다고 합니다. '저 카페 알바 이상하게 조개 주우러 다닌다.'라고. 사람들은 송주현이 무슨 부업이라도 하는 줄 알았다 했고, 송주현은 그걸 나중에 전해 들었다고 합니다. 아무튼 시간과 공간과 마음이 담긴 작품을 감사히 받았다고, 권민경 시인은 말했습니다.

이상 권민경 시인과 함께 하는 도슨트 시간을 마치려고 합니다. 질문 있으신 분은 자유롭게 해 주시고요. 없으시면 이 시, 그림 도슨트 기획이 어땠는지도 들어 보고 싶습니다. 저도 기획자로서 앞으로 이와 같은 형식의 활동을 이어 갈 수 있을지 고민해 보겠습니다.

베개는 얼마나 많은 꿈을 견뎌냈나요

나는 내 시에 대해 이야기하는 것을 즐겨 하지 않는다. 알 수 없는 쑥스러움 때문일 거다. 그래도 앞선 글에서 언급한 시 「안락사」에 대해서는 보다 자세히 이야기하고 싶은 것들이 많다. 그 시의 한 구절이 내 첫 시집의 제목이 되었기 때문이기도 하지만, 무엇보다 마음에 둔 이야기가 있기 때문이다.

소설가 송지현이 캘리그래피를 배운다고 했을 때, 나는 부러웠다. 글씨를 워낙 못 쓰는 나에게 캘리그래피는 남극세종기지 만큼 멀게 느껴지는 장르였다. 하지만 왠지 실용적일 것도 같고 누군가에게 선물할 수 있는 기술이 생긴다는 점이 부러웠다.

송지현은 캘리그래피 수업 시간에 쓸 시 문구를 내게 종종 묻곤 했다. 어느 날은 내 시 중에 열매와 연관된 시가 없냐고 물어왔다. 바로 생각나는 시가 있었다. 그러나 나는 송지현이 보낸 카톡을 1시간 늦게 읽었고, 그때는 이미 수업이 끝난 후였다.

다음 주에 송지현은 내가 뒤늦게 보낸 시 문구로 쓴, 자신의 캘리그래피 작품을 찍어 보내 줬다.

"좀 동시 같음."

송지현 역시 나처럼 자기 작품에 대해서 쑥스럽게 여기는지 그런 말을 먼저 했다.

그러나 나는 그녀의 캘리그래피를 보고 찡해졌다. 나의 시 「안락사」의 일부 "오늘 자고 일어나면 또 얼마나 열매가 많은 날이 펼쳐질까요"라는 글귀와 더불어 그려져 있는 그림 때문이었다.

송지현이 쓴 문구 옆에는 두 마리 고양이가 그려져 있었다.

안락사는 정말 안락사를 겪은 후에 쓴 시이다. 정확히 말하면 안락사를 당한 한 고양이의 이야기를 전해 듣고 썼다.

단비는 효의 친구, 이인영 씨의 고양이었다. 러시안블루 종인 단비의 취미는 탄산음료를 따라 놓은 잔에 기포가

올라오는 것을 바라보는 것이었다.

얌전하고 착한 고양이었다.

그러던 단비가 아팠다. 고양이는 점프를 잘하는 동물인데, 단비가 잘 뛰지 못했다. 병원을 찾았을 때는 이미 병이 많이 진행되어 있었다.

그때 이인영 씨는 부천에 살고 있었는데, 일산에 살고 있던 효에게 병원에 같이 가 달라고 부탁했다. 병원에 있는 동안 단비는 밥을 먹지 않았다고 했다. 병원에서는 억지로라도 먹이기 위해 노력했으나 먹지 않았다. 그 억지 급여의 흔적이 단비의 입 주변에 남아 있었다. 단비는 화를 풀지 않았다. 왜 나를 여기에 두고 갔는가 하고 원망스러워하는 눈치가 빤했다.

단비의 상태는 좋지 않았고 이인영 씨는 그날 안락사를 결정했다. 의사 선생님은 자기 일인 것처럼 안타까워했다.

사람이 살고 싶어 하는 것처럼, 동물도 살고 싶을 것이다. 사람이 존엄하게 죽고 싶어하는 것처럼, 동물도 그럴 것이다. 아마도, 아마 그럴 것이다. 그러니까, 우리는 아무것도 모른다. 동물의 마음도, 죽음을 결정한 사람의 마음도, 그리고 자신의 마음도.

마음이 아플 때, 나도 죽고 싶다는 생각을 했다. 그러나 막상 몸이 아파서 몇 번 수술을 하고 나니, 죽을까 봐

두려웠다. 아이러니. 마음이 몹시 괴로워지는 날, 죽고
싶다는 생각을 하는 것은 스스로의 신체 건강함을 반증한다.
몸과 마음의 아이러니 속에서 나는 죽지 않고 살고 있다.

단비는 이인영 씨가 살던 부천 야산에 묻혔다. 동물의
시체를 묻는 것은 무단 투기라고 했다. 법으로는 그렇다고
했다. 그래도 효와 이인영 씨는 언 땅을 파고 단비를 땅에
묻었다.

그리고 이인영 씨는 그 산에 자주 올랐다. 거기서 캔
맥주를 마시고 돌아오곤 했다.

추모는 어차피 살아 있는 사람의 몫이었다. 죽은 사람,
죽은 동물들을 잊지 못해 괴로운 마음을 덜기 위해 우린 매일
추모한다.

송지현의 고양이도 러시안블루 종이었는데 그 아이
이름은 킨이었다. 킨이는 내가 알고 있는 가장 착한
고양이었다. 이를테면, 송지현의 가족이 악몽에 시달리거나
가위에 눌렸을 때 깨워 주고, 눈물을 흘릴 때는 곁에 와서
사람처럼 위로해 주는, 감정이 풍부한 고양이였다. (나는 우리
집 똥 고양이 철수를 어떤 고양이보다 사랑하지만 철수는 그런
성격의 고양이는 아니다. 내가 오열하면 슬슬 눈치 보며 도망가는
게 철수다.)

킨이도 단비와 같은 병으로 떠났다. 킨이가 가고 송지현과 통화하며 같이 울었던 게 기억난다.

추모는 우리의 몫이다.

고양이가 죽으면, 무지개다리를 건넜다고 말하거나, 고양이 별로 돌아갔다고 말한다. 고양이 별, 무지개다리라는 단어는 늘 슬픈 마음이 들게 한다. 그것은 죽음을 미화시키는 단어지만, 그 속에는 죽은 동물이 행복하길 빌며 산 사람이 평안을 얻고자 하는, 그런 류의 애잔함이 담겨 있기 때문이다.

누구나 죽는 것이지만, 그걸 알지만 난 아직도 죽음이 낯설다. 추모하는 법을 잘 모른다.

송지현도 내가 「안락사」를 단비 때문에 쓴 시라는 걸 알고 있었다.

"좀 동시 같음."

그렇게 말하는 송지현에게 나는 답했다.

"그런데 난 고양이 그림 때문에 슬픈걸. 단비도 러시안블루였는데……."

송지현이 말했다.

"응. 그래서 고양이를 두 마리 그렸어. 한 마리는 단비고 한 마리는 킨이야."

우리는 추모하는 법을 모르고, 처음보다 덜 아파하지만 종종 눈물을 흘린다.

「안락사」는 고양이들을 위한 추모 시이고 인간을 포함한 모든 동물을 위한 추모의 시이지만 사실 나 자신을 위한 시이기도 하다.

결국 나는 세상 모든 사람들이 억울한 죽음을 겪지 않길 바라고, 또 모든 동물이 아프지 않고 자신의 별로 떠나길 바란다. 사람도 동물도 살아 있는 동안에는 온갖 농담과 실없는 말들을 내뱉으며 행복하게 살고 죽을 때는 정말 안락하게, 행복하게 떠났으면 좋겠다. 그런 마음을 「안락사」에 담았다.

동물들의 기분을 읽지 못하고 언어를 알지 못하지만, 우리 서로 같은 마음이길 바라며.

언니의 언니

　언니가 독일에 갔다. 언니는 독일에 가는 비행기를 타기 전에 내게 메일을 보냈다. 언니가 독일로 가는 동안 나는 그 메일을 읽었다. 메일 내용은 평소와 비슷했다. 앞으로 우리가 할 일들에 대한 설명, 일정에 대한 것, 고맙다는 것, 미안하다는 것, 자신의 상태에 대한 토로, 그런 것들. 언니의 메일은 언제나 시처럼 연갈이, 행갈이가 되어 있다. 그래서 언니의 호흡이 느껴진다.

　새벽 3시 20분. 답장을 하려고 독일 시간을 찾아보니 하루 전날 저녁 8시 20분이었다. 나는 아직도 시차가 이상하고 신기하다. 이 좁은 세상에서 밤과 낮이 달라지고 별이 다른 위치에 존재한다니. 나는 마치 중세시대의 어리석은 과학자가 된 것처럼, 시차라는 개념을 이상하게 받아들인다.

그런 느낌을 담아 메일에 답했다.

언니는 독일에 도착한 뒤 문자를 보냈다. 새벽 6시 30분, 이른 조식을 먹으려고 나섰다고. 유럽에 한 번도 가보지 않은 나로서는 그 조식의 맛이 쉽사리 그려지지 않았다. 영국 음식이 맛이 없다는데, 혹시 독일도 그러려나? 그러나 독일의 맛이 쉽게 떠오르지 않았다.

나는 호텔 조식의 질을 묻지도 않고 독일의 맛에 대해서도 묻지 못했다. 그저 무사하고 건강히 돌아오란 말을 전했다. 언니가 나의 첫 시집 제목을 보내왔고, 그것은 언니가 아주 공들인 일이었으나, 나한테는 그것조차 중요한 일이 아니었다. 왜냐면 언니는, 그녀의 언니를 보내기 위해 독일에 간 것이기 때문이다.

우리는 피를 나눈 자매가 아니다. 그러나 그녀는 나의 언니이고, 그녀 또한 누군가를 언니로 갖고 있는 것이다.

나는 허수경이라는 사람을 단 한 번도 만나 보지 못했다. 그저 문예창작과 학생 시절 그녀의 시를 익히 읽어 알고 있을 뿐이었다. 직접 만나지도 못하고 한참 선배이다 보니 나는 그녀를 아주 먼 곳에 있는 사람처럼 느꼈다. 그녀는 언니의 언니였다. 서태지 세대, HOT 세대처럼 각자 학창시절에 잘나가던 가수가 그 시대를 대표하는 것처럼,

나한테 허수경은 내 위 세대의 대표 시인이었다. 나는 이른바 '미래파'라고 엮여서 편히 명명되었던 사람들을 언니, 혹은 오빠로 갖고 있었다. 시인을 언니, 혹은 오빠라고 부르는 것이 어색한가? 글쎄, 문학청년이 문인에게 품는 동경, 그리고 열광은 나름 순수한 시기의 추억이다.

독일로 떠난 언니는 내가 좋아하는 언니였고 그 언니는 독일에서 자신의 언니를 보내려고 한다.

이상한 유대이다.

나는 전에도 시집 『해자네 점집』(김해자, 걷는사람, 2018)에 썼던 발문에서 '자매 됨'에 대해 이야기한 적이 있다. '자매 되기'의 진정한 의미란 성별이나 나이, 위치, 혹은 종교를 떠나 사람과 사람이 연대한다는 것을 의미한다고 말이다.

나는 언니가 독일로 달려가는 시간, 그녀의 언니에 대해서 생각했다. 또한 한 시대를 대표하는 위대한 시인을 보내며 나만의 애도의 시간이 필요하다고 생각했다. 그리하여 오래전에 읽었던 책을 꺼내 읽고, 내게 없는 시집은 새로 사서 읽었다.

어째서 모르는 사람에게서 자매 됨을 느낄 수 있나. 정말 알 수 없는 유대이다. 나는 허수경을 내가 잘 아는 사람인 듯, 아니 내 언니인 듯 생각하며 그녀의 모든 시를 읽었다.

이것은 아주 뒤늦은 리뷰이며 위대한 선배 시인을 위한
추도의 방법이자 마지막 편지이다.

＊

　언니, 봄이 갑니다. 여름도 가을도 아니고, 어쩐지 봄이
간다는 기분입니다. 봄은 가는데, 다른 계절은 영영 오지
않을 것 같은 느낌이라 막막합니다. 그런 막막 속에서
살았습니다. 할 수 있는 일은, 4월 30일을 기리는 일
정도입니다. 나한테도 좋은 시절이 있었습니다. 눈을 가늘게
뜨고 추억하게 되는 계절입니다.

　내가 가장 아름다웠던 시절엔, 사랑하는 사람이 곁에
없었다는 「동사서독」 속 대사를 생각합니다. 그 영화
속에 '취생몽사'라는 술이 나옵니다. 기억을 지워 주는
술입니다.

　　어느 해 봄그늘 술자리였던가
　　그때 햇살이 쏟아졌던가
　　와르르 무너지며 햇살 아래 헝클어져 있었던가 아닌가
　　다만 마음을 놓아 보낸 기억은 없다

마음들끼리는 서로 마주 보았던가 아니었는가
팔 없이 안을 수 있는 것이 있어
너를 안았던가
너는 경계 없는 봄그늘이었는가

마음은 길을 잃고
저 혼자
몽생취사하길 바랐으나
가는 것이 문제였던가, 그래서
갔던 길마저 헝클어뜨리며 왔는가 마음아

나 마음을 보내지 않았다
더는 취하지 않아
갈 수도 올 수도 없는 길이
날 묶어
더 이상 안녕하기를 원하지도 않았으나
더 이상 안녕하지도 않았다

봄그늘 아래 얼굴을 묻고
나 울었던가
울기를 그만두고 다시 걸었던가

나 마음을 놓아 보낸 기억만 없다

　　　　　　　　　　　　—「불취불귀(不醉不歸)」[16]

　　그러나 현실에는 '취생몽사' 같은 것이 없었습니다. 술을
마시고 취해 환멸을 잠깐씩 잊고 살기도 했으나, 영원히
취해 있을 수 없었습니다. 우리의 낮이 너무 많아 괴롭기만
했습니다. 나의 자매들도 자주 괴로운 사람들입니다.
언니도 그런 사람이란 생각이 듭니다. 늘 안쓰럽습니다.
자매는 서로를 안쓰러워하는 집단이 아닐까요. 나는 누군가
나를 동정하는 것이 몹시 자존심 상하고 싫습니다. 그러나
자매면 다르죠. 자매라면 나를 불쌍히 여겨 주고, 이해해
주길 바랍니다. 하지만 그것도 나의 욕심일 테지요. 남에게
무언가를 기대하는 마음은 곧 상처로 남습니다. 남을
이해하는 만큼 나도 이해받길 바라는 마음이 나를 힘들게
합니다. '모든 것을 품는 사람'이라는 이미지는, 시인으로서
어떤 평가가 될지 모르지만, 그건 불행한 사람이라는 말처럼
들립니다.
　　세상에, 누군가가 왜 남을 품어야 하나요? 그럼 나는 누가
품어 주나요? 우리는 누군가 품기 위해서 존재하나요? 나는

16　허수경, 『혼자 가는 먼 집』(문학과지성사, 1992).

아니라고 말합니다. 우리는 그저 서로의 옆에 나란히 서 있을 뿐입니다. 앞에 있거나 뒤에 서 있는 사람들 속에서 우리는 뭔가를 품을 준비를 하는 것이 아니라 나란히 서 있기 위해 존재합니다.

나는 나의 자매들이 무엇도 품지 않길 바랍니다. 남을 위해 희생하거나 고통받지 않길 바라는 마음입니다. 그러나 고통받는 사람들이 바로 내 자매들이니 얼마나 아이러니한 일인지 모릅니다.

언젠가
돌이킬 수 없는 일이 있었다
치욕스럽다, 할 것까지는 아니었으나
쉽게 잊힐 일도 아니었다

흐느끼면서도
혼자 떠나버린 나의 가방은
돌아오지 않았다

비가 오는 것도 아니었는데
머리칼은 젖어서
감기가 든 영혼은 자주 콜록거렸다

누런 아기를 손마디에 달고 흔들거리던 은행나무가 물었
다. 나, 때문인가요?

챌로의 아픈 손가락을 쓸어주던 바람이 물었다. 나, 때문
인가요?

무대 뒤편에서 조용히 의상을 갈아입던 중년 가수가 물었
다. 나 때문인가요?

누구 때문도 아니었다

말 못 할 일이었으므로

고개를 흔들며 그들을 보냈다

—「돌이킬 수 없었다」에서[17]

어떤 사건, 혹은 어떤 가혹한 시기 이후에 사람은 다시
이전으로 돌아갈 수 없게 됩니다. "가방"이 없어진 이후로,
"가방"을 잃어버리기 이전의 상태로는 돌아갈 수가 없는
것입니다. 거기에 있는 사람은 똑같은 이름으로 불리고
똑같은 얼굴을 한 사람이지만 그 내면의 무엇인가가 변하게
되는 것입니다. 그런 시기, 혹은 사건이 한 사람의 인생에서

---

17   허수경, 『누구도 기억하지 않는 역에서』(문학과지성사, 2016).

자주 찾아오기도 합니다. 어쨌든 사람이 변하는 것은 참 쓸쓸합니다. 누구는 그것으로 성장한다고 말하지만, 과연 그럴지 모르겠습니다. 우리는 불행한 일을 통해 뭔가를 얻었다는 자위를 하면서 앞으로 나아가고 있습니다. 그러지 않으면 도저히 나갈 힘이 없어 주저앉아 버릴 테니까요. 하지만 자주 뒤를 돌아보게 되는 것은 어쩔 수 없습니다.

＊

먹는 것보다 자는 게 중요하다고 한 심리상담사는 말했습니다.[18] 하지만 잠이 들면 꿈이 기다리고 있습니다. 그 꿈이 너무 무섭습니다. 깨어 있어도 자는 것처럼 잊고 싶은 마음인데, 막상 잠에 들어도 꿈은 우리를 괴롭힙니다. '취생몽사'는 없고 꿈은 너무 많습니다. 내가 꾸는 꿈은 나 자신의 꿈일 뿐 아니라 나를 괴롭힌 사람의 꿈이며 내가 괴롭힌 사람의 꿈입니다. 어떻게 편해질 수 있습니까?

깊은 잠 대신, 반쯤 취해 있는 게 삶입니다.
그런 선잠 속에서 어떤 사람들은 자신의 미래를 내다보며

18 허수경, 「우산을 만지작거리며」, 『누구도 기억하지 않는 역에서』(문학과지성사, 2016).

삽니다. 그러니까, 고심하고 계산해서 어떤 미래가 올
것이라고 예측하는 것이 아니라, 어떤 말이나, 언어를 내뱉은
순간, 그것이 바로 내 미래가 됨을 예감하게 되며, 그런
순간들을 스치며 살아갑니다. 이런 예지력을 어떤 초월적인
재능이나 영적 능력이라고 말할 순 없습니다. 예감이기보다,
그저 자신에 대해 더 객관적으로 알고 있는 상태이며,
단지 남보다 극적으로, 혹은 예민하게 그것을 받아들이는
것일 뿐입니다. 자신의 미래를 예감하는 것은 불행일까요,
행운일까요. 그러나 선잠 속에서나 그것을 알게 되니, 얼마나
피곤한 일인지 모릅니다.

그리 고단한 삶이지만 어떤 "흐릿"한 "기쁨" 덕에 살고
있는지 모릅니다.

　　기쁨은 흐릿하게 오고
　　슬픔은 명랑하게 온다

　　바람의 혀가 투명한 빛 속에
　　산다, 산다, 산다, 할 때

　　나 혼자 노는 날
　　나의 머리칼과 숨이

온 담장을 허물면서 세계에 다가왔다

나는 춤추는 중
얼굴을 어느 낯선 들판의 어깨에 기대고
낯선 별에 유괴당한 것처럼

—「나는 춤추는 중」[19]

고단한 여행 중이었습니다. 그러나 "명랑하게" "춤"을 췄다고 말합니다. 이 이상한 별에서요. "낯선 별에 유괴당한" 아이처럼 우리는 세상에 덜렁 떨어져 있으니 열심히 "춤추는 중"입니다.

그런 마음을 이해하나요, 언니? 아마 언니는 이해하리라 생각됩니다. 일말의 "명랑"이 늦은 봄의 오후, 창문 틈으로 비치는 빛처럼 그렇게 남아 있습니다. 그 조각 빛을 오래 바라보는 일, 그리고 원하지 않아도 자꾸 떠오르는 과거, 생과 긴 꿈에 대해서 골몰하는 것이 우리의 일생입니다. 일생일 것입니다. 뭐, 다른 일이 일어나기나 할까요. 하지만 춤을 출 수 있을 때는, 출 수 있을 때까진 출 예정입니다.

그러니 언니, 마음을 다해 누군가를 사랑하고, 몸을 다해

---

19 『누구도 기억하지 않는 역에서』(문학과지성사, 2016).

애정을 표시하고, 스스로 지지고 고단한 일로 몰아가면서,
고통 받는, 아름다운 언니. 언니들. 끝까지 춤추는 사람으로
남아있길 바랍니다.

＊

언니는 무사히 귀국했다. 나는 그녀가 충실히 추모하고
왔음을 인스타그램을 통해서 보았다. 그것은 열정적인
종류의 것이었다. 애도와 추모에 열정이란 단어가 붙을 수
있는가? 붙을 수 있다. 애정을 갖는 대상에 마음뿐 아니라
몸을 다하는 사람도 있다. 충실하고 아름답고 가여운 사람들.
내가 허수경 시인을 만났다면 나는 분명 그녀를
자매라 불렀으리라고 생각한다. 그녀의 시를 읽으며 그런
것을 예감한다. 몸과 마음을 다해 삶을 살아가는 자매,
고통스럽고 열심인 자매 말이다. 그러나 나의 자매이며
영원한 언니인 그녀는 닿지 않는 곳에 있다. 그녀는 이렇게
말했다. "아직은 뛰고 있는 차가운 심장을 위하여 아주
오래된 노래를 불러주고 싶었다./ 옛 노래들은 뜨겁고 옛
노래들은 비장하고 옛 노래들은 서러워서 냉소적인 모든
세계의 시간을 자연신의 만신전 앞으로 데리고 갈 것 같기에,
좋은 노래는 옛 노래의 영혼이라는 혀를 가지고 있을 것

같기에, 새로 시작된 세기 속에 한사코 떠오르는 얼음벽, 그 앞에 서서 옛적처럼 목이 쉬어가면서도 임을 부르는 곡을 해야겠다 싶었기에, 시경의 시간 속에서 울었던 옛 가수들을 위하여 잘 익어 서러운 술을 올리고 싶었기에."[20]

그녀가 죽은 후 많은 사람이 그녀를 기리며 노래에 가까운 추모를 이어 나간다. 내가 할 수 있는 가장 열정적인 애도와 추모는 그녀의 시를 읽는 일이 아닐까. 그녀가 남긴 시는 두고두고 읽힐 것이며 훗날에도, 아주아주 먼 훗날에도, 그녀를 언니로 삼는 후배들은 계속 늘어날 것이다. 그리하여 많은 자매들이 그녀를 가슴에 품고 영원한 늦봄을 걸을 것이다.

20 허수경, 「시인의 말」, 『빌어먹을, 차가운 심장』(문학동네, 2011).

501호

5층엔 많은 가구가 살았고 우리 집은 1호였다. 나는 자주 그 숫자를 되새겨봤다. 501. 501. 뭔가에 기대어 서 있는 사람처럼 보이는 숫자, 5와 1사이에 큰 구멍이 나있는 듯한 느낌. 우리는 옆집 사람들을 거의 모르고 살았다. 반대편 끝인 511호로 갈수록 얼굴도 몰라, 인사조차 하지 못하는 사이였다.

5층 끝 라인에 사는 사람 중에 유일하게 아는 사람은 '홀로 할머니'였다. 홀로 할머니는 늘 혼자 서 있기 때문에 필연적으로 '홀로 할머니'였다. 그는 자주 복도에 서 있었다. 늘 창문 밖을 내다보았다. 그다지 바뀔 것도 없고 새로울 것도 없는, 그래서 뭘 보는지 모를 곳을 바라보았다. 그가 매번 홀로 밖을 바라보는 걸 지켜보는 일은 고통스러운 일이었다. 인간의 모자람을 깨닫는 일, 서로 말을 갖고 있어도 통하지 않은 마음, 동물과 대화를 하고 싶으나 할 수 없는 심정, 그런 것이 연속으로 밀려왔다.

　내가 서 있는 곳은 그의 바로 옆인데도 말이다.

에필로그

독자라는 당신

　얼마 전에 입사 서류를 쓸 때 쓰지 말아야 하는 내용에
대해서 읽은 적이 있다. 어쩌면 당연한 것일지도 모르겠지만,
너무 솔직할 필요가 없다는 내용이었다. '몸이 약하지만',
'방황했지만', '낯을 가리지만' 등등의 부정적 내용을
회사에서는 읽어 줄 시간이 없다고 했다.

　문학의 좋은 점이라면 공적이고 사무적인 행위에서는
읽어 줄 시간이 없는 잉여의 글을 기꺼이 읽어 줄 준비가
되어 있다는 점일 것이다. 쓰는 사람도, 읽는 사람도 일종의
인내심, 상반된 것 같지만 인내심과 상통하는 열린 마음을
갖고 문학을 대하기 때문일 거다.

　문학이라는 거창한 카테고리 안에서 말하긴 뭣하지만,
모르는 여러분과 글로 만나는 기회란 역시 소중한 거다. 글을

쓰는 직업을 갖고 있다는 건, 기묘한 행운을 얻고 이게 진짜 내 것인지 갸웃거리게 되는 일이다.

이 자리기에 마음 편히 쓸 수 있는 내 이력, 낯가림은 나를 나타내는 대표적 특성 중에 하나이다. 나도 이런 내가 썩 마음에 들지는 않지만, 그렇다고 있는 속성을 잘라 내기도 쉽지 않다. 이것도 나인 것을 인정하고 함께 가는 것이 나와 사귀는 방법이리라.

더불어 당신을 알아가는 방법으로 나는 글을 쓰고 있다. 사람들의 반응을 보고, (좋은 것이든 나쁜 것이든)전혀 예측하지 못했던 피드백을 받고, 곰곰이 생각하거나 며칠 머릿속에 담고 있는 경험.

독자들은 사랑스럽기도 하고 매섭기도 하지만 그들이 생각하는 것 이상으로 작가에겐 소중한 존재이다. 작가는 자주 독자들을 잊은 채 글을 쓰긴 하지만, 그건 독자들을 무시하는 것이 아니라 어떤 몰두의 상태를 찾는 것이다. 나는 시든 소설이든 그 외의 장르든, 글은 결국 독자들을 향해 있다고 생각한다.

어쩌면 나처럼 낯가리는 사람에겐 최선의 대화 통로일 수도 있다. 더불어 많은 분들에게 글을 쓰길 권하는 이유이기도 하다.

오늘 간식으로 나온 맘모스 빵. 잼으로 고정된 두 쪽을
열어서 건포도를 뿌렸습니다. 맛있게 드시라고요, 작은 그대.
— 「어린이에게 건포도를 주세요」에서[21]

「어린이에게 건포도를 주세요」라는 시를 쓴 적이 있다.
위에 인용한 부분이 그 시의 끝부분이다. 글 그대로, 나는
건포도를 좋아한다. 그래서 시 안의 화자는 맘모스 빵에
건포도를 뿌리고 사랑스러운 사람들에게 내민다.

어느 날 이 시를 읽은 독자에게 피드백을 받은 적이
있는데, 왜 빵에 건포도를 뿌렸냐는 것이었다. 그때 나름
충격을 받았는데, 건포도를 싫어할 수도 있구나 하는 것을
처음 깨달았기 때문이다. 모든 음식에 호불호가 있음이
당연한데 그 당연한 사실을 전해 들으니 뭔가 신선하고
충격적이었다. 의식하며 둘러보니 생각보다 건포도를
싫어하는 사람이 많았다. 주관적인 호의가 상대에게는 좋지
않을 수도 있다는 것을 잘 알게 된 계기였다.

독자와의 대화는, 단순히 시편에 대한 피드백을 넘어
인생에 대해 곰곰한 성찰을 하게 되는 일이다. 독자들은
자신의 영향력을 알까?

21 권민경, 『베개는 얼마나 많은 꿈을 견뎌냈나요』(문학동네, 2018).

앞으로 나의 이력에는 이떤 말들이 덧붙여질지 모른다.
몸이든 마음이든 더 아플 수도 있고, 상을 탈 수도 있고
사람들과 싸우거나 친해지거나 동물을 만나고 헤어질 수도
있나.

그런 경험들과 더불어 중요한 이력 중 하나가 이렇게
한 권의 책을 묶어 냈다는 것이다. 낯을 가리기 때문에 한
번도 독자에게 리액션을 취한 적은 없다. 항상 지나고 나서
후회한다. '후회를 잘하지만'도 내 중요한 속성 중 하나이다.
이 역시 이력서에 쓸 수 없다.

이 책은 어느 날 중고서점을 떠돌지 모르지만 우리 잠깐
알았던 인연을 기억하자. 남임에도 불구하고 가족보다
가까이 느껴지는 사람이 있다. 같은 느낌을 공유했던
사람에겐 응당 그런 가까움을 느낀다. 그러니 이 책이
당신에게 조금이라도 공감을 주기를. 그리하여 다음에 보면,
아는 사람처럼 여겨 주시길. 쓸쓸하지만 늘 그렇듯 씩씩하게
살아갑시다.

그럼 다시 만날 때까지 안녕.

ꝏ 매일과
영원

등고선 없는 지도를 쥐고

권민경 에세이

1판 1쇄 찍음 2023년 3월 31일
1판 1쇄 펴냄 2023년 4월 14일

지은이 권민경
발행인 박근섭·박상준
펴낸곳 (주)민음사

출판등록 1966. 5. 19. 제16-490호
주소   서울시 강남구 도산대로1길 62(신사동)
       강남출판문화센터 5층(06027)
대표전화 02-515-2000 | 팩시밀리 02-515-2007
홈페이지 www.minumsa.com

ISBN 978-89-374-1955-3 (04810)
ISBN 978-89-374-1940-9 (세트)

* 잘못 만들어진 책은 구입처에서 교환해 드립니다.
* KOMCA 승인필(81쪽)